Martha

Michael Weber

Martha

Mit einem Vorwort von Peggy Parnass

JUNIUS

Junius Verlag GmbH
Stresemannstraße 375
22761 Hamburg
www.junius-verlag.de

Printed in the EU
ISBN 978-3-96060-523-2
2., überarbeitete Auflage

Bibliografische Information der Deutschen Nationalbibliothek: Die Deutsche Nationalbibliothek verzeichnet diese Publikation in der Deutschen Nationalbibliografie; detaillierte bibliografische Daten sind im Internet über http://dnb.dnb.de abrufbar.

Dank an:

che, Ruth, Svenja, Annette, Emil, Christoph,
Celina, Martín. Und raz, Rico, Carlo, Rosa

Vorwort zur zweiten Auflage

Ich hätte Martha auch gerne kennengelernt. Das Buch über sie ist wunderbar – zärtlich und einfühlsam, ohne die Widersprüche ihres Lebens zu glätten. Ein Buch zum Lachen und zum Weinen – im Grunde ein Buch der Liebe.

Ich war in einer der allerersten Lesungen im Hamburger Schauspielhaus, war begeistert wie alle anderen und bin danach zu vielen Martha-Lesungen gegangen – immer mit Freunden und dem Gefühl, ich mach' denen ein Geschenk. Wie schön, dass jetzt die zweite Auflage da ist. Ich hoffe auf noch viele weitere.

Peggy Parnass

Jede Frau ist ein Ereignis.
Paul Claudel

Some of us live
All of us die
Erik ›Everlast‹ Shrody

Für Martha Ihde (1921–1989),
Monika John und Monika Paulsen

Erster Teil

Husten – Kanalisation – ABC – Fickfehler – Ernst –
Wunschkonzert – Auftritt – Martha

1 Husten

Wenn ich an Martha denke, höre ich ihren Husten.

Und ihr Lachen.

Nein, zuerst das Lachen, dann den Husten.

Nein. Beides zugleich, ineinander übergehend, wie ein musikalisches, rhythmisches Thema: das satte, tiefe, raue, kratzende, freche, breite Lachen, ein Hamburger »Lächn«, unterbrochen vom ebenso tief aus ihrem Brustkorb aufsteigenden gurgelnden Raucherhusten. Beides auf angenehmste Weise unschön, beides darauf hinweisend, welche Funktion die Bronchien im menschlichen Körper haben und was sie auszuhalten imstande sind, und beides Anzeichen dafür, und das sofort, beim ersten Hören und Erleben der ruckartigen Krümmung des Oberkörpers nach vorne, die zumindest der Husten ihr abnötigte, wie viel und wie intensiv Martha gelebt hatte.

Dieses Hust-Lachen, dieser Lach-Husten waren immer wieder einzigartig und beeindruckend für mich. Noch beeindruckender war allerdings, diese kleine, stolze sechzigjährige Frau lachen und husten zu sehen, zum Beispiel wenn sie sich abends, vom Geselligen Seniorentreff im Nachbarschaftsheim Sankt Pauli zurückkehrend, angetrunken, im kleinen Schwarzen mit Pelzjacke drüber, geschminkt und auf ungeheuren High Heels, den trägen Pudel an der Leine, langsam und zäh zu ihrer Wohnung im fünften Stock in der Davidstraße Nummer fünf in Hamburg hocharbeitete, das heißt, sich stetig am Geländer hochzog, und wenn sie dann im Vierten eine Pause machte, schwer atmend, um Kraft zu sammeln für die letzten siebzehn Stufen. Dann hörte ich, dessen Wohnung im Vierten lag, sie im Hausflur husten, begütigend mit dem Hund reden oder schimpfen: »Los, komm jetz! Jetz komm endlich!«, öffnete unsere Wohnungstür und guckte kurz raus, um zu fragen, ob alles in Ordnung sei, wie es ihr gehe, ob sie etwas brauche, Kohlen oder Kaffee, ob wir Einkäufe für sie erledigen könnten oder sonst etwas. Meistens war es dann nur Feuer für eine Zigarette, was ihr wirklich fehlte, und ein kurzer Klönschnack auf der Treppe, bei dem neben Neuigkeiten aus dem Viertel auch wieder das Lachen zu seinem Recht kam, bis sie sich, einigermaßen gestärkt, weiter in den Fünften auf den Weg machen konnte und sich von mir verabschiedete mit: TSCHÜSS. UND GRÜSS DEINE ZIMMERLINDE. Damit war die Freundin gemeint, die ich gerade hatte.

Ihre Erscheinung war für mich immer aufs Neue erstaunlich und faszinierend, und doch bleibt als stärkster Nachklang von ihr diese einzigartige Mischung aus Lachen und Husten. Das Gehör erinnert sich wohl anhaltender und beharrlicher als der Gesichtssinn, und der Ton kommt – auch jetzt noch – viel klarer zurück als das Bild. Denn Martha ist schon lange nur noch Erinnerung. 1989 ist sie gestorben, und ihr Hustengelächter klingt wahrscheinlich nur noch in meinem Kopf nach. Ich wünschte, ich könnte dieses Geräusch, dieses eigenwillige Gemisch aus Schmerz und Humor, hörbar machen, es durch eine genauere Beschreibung ertönen lassen – jetzt, in diesem Augenblick –, so dass jeder – jetzt, in eben diesem Augenblick des Lesens, des Abtastens der Buchstaben mit den Augen – es genießen könnte – wie in dem Märchen von den eingefrorenen und wieder aufgetauten Tönen. Denn ich glaube, es ist ein großer Verlust für die Menschheit, dass Marthas Lachen und Marthas Husten nicht mehr zu hören sind.

Natürlich, ich weiß schon, andere Menschen lachen und husten auch, lachen und husten vielleicht sogar vergleichbar, etwas Ähnliches wird immer wieder zu erleben sein, aber eben nicht genau *so* – und das ist mein Anteil daran, denn in meinen Ohren wurde dieser Ton zunehmend etwas Bedeutsameres und Allgemeineres, für mich wurde er der gültige Ausdruck einer bestimmten Lebensweise und einer bestimmten Lebenshaltung. Und er war in meinem Leben außerdem der Klang, der meinen Eintritt in das begleitete, was ich seither als meinen Ort betrachte. Er wurde, war und ist für mich der *Sound* von Sankt Pauli.

Husten, das ist explosiver Ausdruck des Körpers – in Marthas Fall Ausdruck des in ihrem Körper abgelagerten Lebens in Sankt Pauli, Nachwirkung der Droge Sankt Pauli mit ihrem Glanz und ihrem Elend wie der Droge Nikotin, Ausdruck des Genusses und der Not. Husten, das ist Krankheit, Verfall und physischer Schmerz. Und ihr Lachen, das war der Kommentar dazu. Das war ebenso Eingeständnis der Ohnmacht und des Scheiterns an und in diesen Lebensumständen wie deren souveräne Nichtachtung, oder besser Einverständnis mit der eigenen Unzulänglichkeit und dem täglichen Scheitern. Und damit wurde auch die Reflexion hörbar, das Bewusstsein über all dies, der kurze Moment der Unabhängigkeit von den Verhältnissen und die Ungebundenheit ihres Verstandes. Sein und Bewusstsein, Körper und Geist in einem Geräusch – und das *und* steht hier nicht für die Einheit, sondern für den Widerspruch, den diese Wortpaare bilden, also: Körper *und* Geist, Sein *und* Bewusstsein – alles in einem Geräusch! Das bedeutete und bedeutet es für mich. Aber genauer, besser, hörbarer kann ich es nicht beschreiben, und so bleibt nur die Bitte, es sich noch einmal vorzustellen und zu versuchen, es einfach in sich zu hören: kurz, rhythmisch, ineinander übergehend, gar nicht zu unterscheiden, wann Lachen zu Husten wird und Husten zu Lachen, beides von tief unten, beides unschön, auffällig, laut, ungesund, man kann es gar nicht ohne Sorge mit anhören, bitte – *jetzt:*

HUSTEN, LACHEN, HUSTEN, LACHEN,
HUSTEN HUSTEN
LACHEN
HUSTEN HUSTEN
LACHEN LACHEN
XX XXXX XXX X
XXX X XXXX XXX
X XXX XX XX
XX XX XXX
X
XXXXXX XX XXX
XX XX

ad lib.

Danke.
Das ist der Groove.

2 Kanalisation

War es Flucht aus der Wirklichkeit oder Flucht in die Wirklichkeit, was mich Anfang der achtziger Jahre nach Sankt Pauli trieb? Flucht aus der Wirklichkeit meiner Kindheit und Jugend in Pinneberg allemal, einer kleinen Kreis- beziehungsweise mittlerweile Schlafstadt dreißig Kilometer nördlich von Hamburg. Diesem kleinbürgerlichen Totentanz, dieser alles verschlingenden Ödnis der vermeintlich funktionierenden Familien, dieser heilen Welt, in der man aus sicherer Entfernung alles andere aus zweiter Hand per Tagesschau und Tatort an sich vorbeiziehen ließ – solange es eben gerade ging, nämlich bis sich die unheile Welt in anderer Form und dann wesentlich brutaler Bahn brach. In meinem Fall war es der mich völlig überraschende Tod meines Vaters, dessen absehbares Herannahen aus Schonung des sensiblen Zwölfjährigen bis fast zum letzten Moment vor mir verborgen gehalten wurde. Schonung ist dort ein Lebensmotto, man schont die anderen, weil man sich selbst schonen möchte und von den anderen geschont zu werden erwartet, Schonbezüge über allem und jedem, das Ganze eine einzige *Schonung* – dieser selbstgebastelten ganz und gar verschonten, heilen Wirklichkeit wollte ich nach dem Abitur um jeden Preis entkommen.

Zivildienst im Jugendzentrum einer Betonvorstadt noch weiter im Norden, ein Jahr West-Berlin, schließlich das Theater als Beruf – das alles schienen mir recht sichere Distanzen zu Pinneberg zu sein, und doch war Sankt Pauli, obwohl räumlich so nah, dann die weiteste innere Entfernung, die ich erreichen und die ich mir vorstellen konnte. Nein, vorgestellt habe ich mir damals eigentlich gar nichts, ich spürte eher etwas sehr deutlich beim Gedanken an Sankt Pauli, nämlich Angst davor. Angst und Faszination.

Überall und immer neu bin ich später jenem Pinneberg wiederbegegnet. Pinneberg ist international, es gedeiht überall, in ganz verschiedenen Städten, in verschiedenen Menschen mit ihrer Sucht nach dem *Heilen*, und in meinem Beruf habe ich es auch oft angetroffen – obwohl ich mit dem Theater immer noch den Traum einer pinnebergfreien Zone verbinde – und, natürlich, in mir habe ich es auch überall mit hingenommen, immer wieder bin ich auch Pinneberg und kann damit keinen Frieden schließen. Was das betrifft, hat sich Sankt Pauli bewährt, es ist tatsächlich ein weitgehend pinnebergfreier Raum – zwangsläufig, denn hier ist nun wirklich nichts mehr heil oder gesund oder sauber oder ordentlich oder vernünftig oder gemütlich oder was dergleichen Bezeichnungen für das Pinneberger Grauen sonst noch gebräuchlich sind. Aber natürlich war es auch eine zutiefst Pinneberger Angst, die mich hierhin trieb.

Das Unbehagen diesem Hamburger Stadtviertel gegenüber war jedenfalls groß genug, dass ich hier etwas Wesentliches vermutete. Oder vielmehr roch – Geruch ist richtiger, denn ich wollte in die Kanalisation hinein, in das Leben unter dem Leben. Ich ahnte, dass alles, was in meinem Pinneberg per psychischer und porzellanener Toilette entsorgt, verdrängt, sich und anderen verschwiegen, abgeführt wurde und damit nichtwirklich war, hier das eigentliche Leben ausmachte. Vom Theater habe ich mir das übrigens auch erhofft, aber über die Jahre hat mich Sankt Pauli weniger enttäuscht.

Das machte die Faszination aus, weit entfernt von der Exotik des hemmungslosen Aufgeregtseins, das Touristen hier suchen, die *immerzu breite Masse*, und das dann weitgehend darin besteht, sich besinnungslos zu trinken und in Hauseingänge zu pissen – diese Kanalisation war es nicht, die ich suchte. Und war es natürlich auch, denn für mich bleibt die Frage offen, ob das Pinneberger Dasein nicht die bestimmendere und gültigere Form der wirklichen Wirklichkeit ist. Das Grauen, das in deutschen Reihenhaussiedlungen herrscht, ist ja so unermesslich größer und ewiger als eine Zuhälterschießerei auf Sankt Pauli, wie ich sie mir in meinen ersten Tagen hier während meiner nervenangespannten dreißig Meter Fußweg zum Feinkostgeschäft Dangers ausmalte, morgens beim Brötchenholen in der Davidstraße. Das Pinneberger Grauen ist ja deshalb größer, weil es dort täglich, stündlich, minütlich stattfindet. Während ich hier seit fünfundzwanzig Jahren wohne, ohne je eine Schießerei erlebt zu haben.

Aber meine Beschäftigung mit der Kanalisation war noch eine andere: Wo bleibt in mir, was nicht passt? Was mir an mir nicht passt? Was nicht zu mir passt? Träume, Obsessionen, Perversionen. Wo bleibt es in allen anderen? *Was ist das, was in uns hurt, lügt, stiehlt und mordet?* Büchner. Der kann das natürlich besser. Die Sankt-Pauli-Maschine befriedet es, vielleicht, befriedigen kann sie es auch nicht, nicht mit Sex-Bars, nicht mit Peep Shows – aber sie legt es zumindest offen. Das ist das Gute und das Schlimme am Hemmungslosen hier – Sichtbarkeit, Greifbarkeit. Das schafft Erleichterung, wenn es auch nichts ändert. Sankt Pauli als große Therapiemaschine – und meine Therapie war gleich das Leben selbst. Das Leben, wie es eben so lebt.

Und meine Angst war auch die der Selbstgefährdung: Will ich es denn wirklich so ganz genau wissen, so direkt vor Augen haben? Im Fernsehen ist das irgendwie besser – da kann man abschalten. *Ach, ab und an mal abschalten können!* Ich wollte es, ich wollte es wissen, also nahm ich allen Mut zusammen und zog nach Sankt Pauli. Es war ein gebanntes, zwanghaftes Hinguckenmüssen, weil ich nicht mehr weggucken konnte. Die Kanalisation zu erkunden ist allerdings noch keine Rettung – zu wissen, wo die Scheiße hinkommt, bedeutet noch lange nicht, erkennen zu können, wo sie herkommt. Dennoch war da der unbändige Wunsch: Nicht nur in Widersprüchen denken zu können, sondern auch in ihnen leben zu können – das wäre doch ein Leben wert.

3 ABC

Am Tag meines Einzugs in die Davidstraße fünf schon roch es nach vergorenem Hopfen, bei offenen wie bei geschlossenen Fenstern. Diese herben, bittersüßen, leicht fauligen Ausscheidungen der Astra-Brauerei direkt gegenüber der Wohnung waren über lange Zeit, von 1982 bis zur Schließung des Betriebs Anfang 2003, der Geruch dieses Dschungels wie Marthas Husten das dazugehörige Geräusch. *You've got the sound, you've got the smell.* Ich vermisse beides.

Wie bewegt sich der Neuling im Dschungel? Unsicher natürlich, nervös und ängstlich, mit großen Augen und Ohren – und mit einer gelben ABC-Schützen-Schirmmütze auf dem Kopf. In alter Pinneberger Zeit bekam ich Anfang der sechziger Jahre zur Einschulung, vor der ich ebenfalls große Angst hatte, eine gelbe Schirmmütze, die allen anderen bedeuten sollte: Achtung, hier neuer Erstklässler auf noch ungewohntem Schulweg! Und ich trug sie mit dem Stolz, jetzt auch endlich dazuzugehören.

Zwanzig Jahre später wusste ich anfangs nicht, dass ich wieder eine gelbe Kappe trug, diesmal nicht auf dem, sondern gewissermaßen im Kopf, aber wieder mit dem Stolz, auch hier bald dazuzugehören, und zwar so auffallend bemüht, ganz dazugehörig dazuzugehören, dass jeder Dazugehörige die ganze gelbe Kappenhaftigkeit sofort und auf zweihundert Schritt Entfernung erkennen konnte. Wobei Dazugehören auf Sankt Pauli schon an sich ein vollkommen unsinniger Wunsch ist, denn hier gibt es nichts, bei dem man dazugehören könnte. Hier kommen Menschen hin, leben eine Weile, bleiben, gehen, kommen wieder, tageweise, stundenweise, ein ganzes Leben lang – das ist alles. Kein Dazugehören. Das ist ja gerade das Schöne, das ist ja gerade der Unterschied zu den eingeschworenen Pinnebergs *all over the world.* Aber das wusste ich damals noch nicht. Und ich wusste damals auch nicht, dass ich wieder ein ABC-Schütze geworden war – im eigentlichsten Sinn, denn ich bewegte mich mit meiner inneren gelben Mütze im ABC von Sankt Pauli.

Dieses ABC verbirgt sich in Sankt-Pauli-Süd, einem kleinen, damals ziemlich heruntergekommenen Teil des Viertels, auf dem Elbhang, gleich hinter der Sankt Pauli Hafenstraße, zwischen der namensstiftenden Kirche im Westen und dem damals noch existierenden Hafenkrankenhaus im Osten, zwischen der Reeperbahn im Norden und den Sankt Pauli-Landungsbrücken im Süden. Es ist dicht bebaut mit drei bis fünfstöckigen Häusern, die ältesten wohl hundert Jahre alt, die neueren aus den Neunzehnhundertsechzigern. Die Gevierte der Häuserblocks sind mit kleinen, verbauten, den Bewohnern meist nicht zugänglichen Höfen versehen, kaum Bäume. Die kurzen, engen Straßen sind nach männlichen Vornamen benannt:

Anton.

Balduin.

Carl.

David.

Erich.
Friedrich.
Gerhard.
Herbert.
A B C D E F G H.
Acht Männer – keine Frau dabei.

A wie Antonistraße. Die weitestabgelegene, an der Kirche. In einem der Altbauten im ersten Stock war die Praxis eines ungeheuer rabiaten Arztes für Allgemeinmedizin, in dessen kargem Wartezimmer ich ein paar Wochen nach unserem Einzug eingeschüchtert zwischen finster dreinblickenden älteren Männern mit gewaltigen Verbänden um Kopf und Hals, Türkinnen mit ihren Kindern und einem Kette rauchenden Muskelpaket samt Golduhr, Sonnenbrille und Ruderleibchen saß, um ein geschwollenes Knie untersuchen zu lassen. Aus dem Behandlungszimmer drang die erschreckend laute Stimme des Arztes, der sich mit seiner Assistentin während der Behandlungen über die letzte Dallas-Folge im Fernsehen unterhielt und Vermutungen über die nächste anstellte. Außerdem wurde sofortige Barzahlung verlangt. Ein weiterer Arzt, Spezialist für Haut- und Geschlechtskrankheiten, der sogenannte Nutten-TÜV, war … andere Geschichte, weiter.

B wie Balduinstraße, in der ich an einem schwülen Sommernachmittag kurz vor einem Gewitter mit zwei Obdachlosen ins Gespräch kam, in dessen Verlauf sie mir immer und immer wieder einhämmerten, sie seien keine Penner, sondern Berber, was bedeute, ihr Leben auf der Straße sei ein selbst gewähltes und sie hätten mehr Spaß dabei als alle anderen zusammen. Ich lud sie für den nächsten Abend zum Essen in unsere Wohnung ein. Sie kamen nicht, aber … andere Geschichte, weiter.

Zur Balduinstraße gehört die Balduintreppe, die Treppe den Elbhang hinab zwischen den damals gerade besetzten Häusern der Sankt Pauli Hafenstraße. Von den Hausbesetzungen hatte ich eigentlich erst durch eine Nachbarin erfahren, die im Hausflur lauthals verkündete, dieses asoziale Gesocks solle man auch »durch den Ofen jagen«, oder besser: FAHRBARE MÜLLPRESSE UND DANN ALLE REIN DA! Wie so viele andere vor und nach ihr meinte sie, die schwer ackern musste, auf diese Weise das bisschen, was sie dafür bekam, gegen die verteidigen zu müssen, die ihr nie etwas genommen hatten und nie etwas hatten nehmen wollen. Die großen Häuserkämpfe um die Hafenstraße standen noch bevor, und das Bewusstsein, dass auch auf Sankt Pauli die Bewohner Rechte in ihrem Viertel haben, Rechte auf menschenwürdiges Wohnen, auf Kindergärten, Spielplätze, auf Plätze überhaupt, auf Bäume auch zum Beispiel, dieses Bewusstsein entstand eigentlich erst in diesen Auseinandersetzungen. Die große Sexmaschine des Viertels musste laufen, und sie lief schlecht Anfang der Achtziger. Die Parole war: Hier muss jeder sehen, wo er bleibt – wer hier zu alt wird, wer hier hängenbleibt, womöglich mit Kindern, hat es woandershin eben nicht geschafft. *No future here.*

Um die Balduin- oder Hafentreppe sammelten sich die Punks. Ich sah mit einer eigenartigen Mischung aus Respekt und Begeisterung, dass dort Leute, die nur ein paar Jahre jünger waren als ich, etwas lebten und ausdrückten, was mir wesentlich schien und was ich mich noch nicht zu leben traute. Ich fühlte mich erbärmlich zurückpinnebergisiert von dieser sichtbaren Lebenskonsequenz und bewunderte Selbständigkeit, Unabhängigkeit, Mut, Spaß und Schönheit darin. Gleichzeitig tat mir das alles weh, das war viel zu viel, viel zu doll, und bei einem Konzert der *Big Balls and the Great White Idiot* in der Fabrik … andere Geschichte, weiter.

C wie Carlstraße. Gibt es gar nicht mehr, hat es wohl aber mal gegeben. Da, wo ich sie mir vorstelle, fand einmal, Mitte der Achtziger und noch vor Tschernobyl, ausnahmsweise ein Gruppenabend der Parteigruppe Sankt-Pauli-Süd der Deutschen Kommunistischen Partei statt, deren Mitglied ich geworden war. Sieben oder acht Mitglieder waren gekommen, erste Risse in der sonst recht gut abgedichteten Partei-Weltsicht wurden offenkundig, der *Besitz der Wahrheit*, wie Heiner Müller es nannte, ging schon verloren. Die Verbitterung einiger älterer Genossen und Genossinnen über die Politik der Perestroika in der Sowjetunion wurde besprochen, ihr Rückzug aus dem aktiven Parteileben – dagegen standen die sogenannten Erneuerer. Termine zum Flugblattverteilen waren das Einzige, auf das man sich noch einigen konnte. Für mich, der ich nicht regelmäßig an den Gruppenabenden teilnahm, blieben die Gegensätze diffus, es wurde viel geredet, aber das Wesentliche war nicht zu erkennen, die Kanalisation lag hier nicht offen. Später begriff ich, dass dort politische Überzeugungen und Parolen zu Lebensinhalten geworden waren. Menschen waren aus dem einen Pinneberg aus- und aufgebrochen, um sich im nächsten niederzulassen und auf Dauer einzurichten, das sie, weil diesmal selbst gewählt, noch hermetischer umschloss und das deshalb noch heftiger verteidigt werden musste. Hier begannen Lebenskonzepte zu zerbrechen, und folgerichtig hat sich dann 1990, nach der Wiedervereinnahmung, ein politisch besonders aktives Paar dieser Stadtteilgruppe auch … andere Geschichte, weiter.

D wie Davidstraße.

DOVIDSCHROSSE.

Naja.

Die Wache, die David Quelle, die Victoria Bar, die Pflastersteine, der Durchblick auf den Hafen, die Washington Bar II, das Feinkostgeschäft Dangers, Inhaberin Else Dangers – LEBERWURST NUR IM WINTER, TILSITER ISN MÄNNERKÄSE –, Touristen, Zuhälterschlitten, tatsächlich noch manchmal Seeleute, Matrosen, besonders die sowjetischen in gediegenen Ausgehuniformen mit breiten Mützen.

Günni und Elke Puls – Lederbekleidung und SM-Bedarf unten im Haus.

Meine Wohnung.

Marthas Wohnung.

Balkonblick auf Bismarck, Michel und Elbe.

»Ach, du wohnst in der Davidstraße? Ich bin oft im Cuneo – tolle Atmosphäre da, den Wirt kenn ich gut, und Giovanni oder wieheißterjetzt gibt nach dem Essen immer einen aus, einen ganz speziellen Grappa blabla ...« Cuneo, angeblich das älteste italienische Restaurant Hamburgs, kannten sie alle, alle die, die sonst nichts in der Davidstraße kannten, damals vornehmlich die von mir bewunderten Kollegen aus Fernsehen und Theater, die dort die großen Rollen spielten. Und immer waren sie alle mit dem Wirt oder mit einem Kellner quasi befreundet, und immer war die Atmosphäre echt gut, und da ging man einfach mal hin und schwärmte von Italien, und immer wurde ihnen ein spezielles Gericht zubereitet, ein besonderes Süppchen gekocht und ein Grappa nur für engste Freunde oder eigens für sie aus dem Keller geholt. Da waren sie alle und ließen es sich gutgehen. Einmal traute ich mich auch rein, als bewundernder Night-Hammel, in diese Kupferbödentöpfeleckeressenkochensehrgutenweindazutollenfilmgesehenichbinwichtigichbindabei-Gemeinde – nie wieder!

Aber die Mädchen, die ab zwanzig Uhr davorstanden, auf der einen Straßenseite der Davidstraße damals noch bis zur Ecke Erichstraße hoch – im Sommer in nahezu nichts, im Winter in Skianzug und Moonboots – diese schönen Mädchen fand ich sehr schön. HEY KLEINER, GEHSTE MAL MIT? Nach langem Zögern und großer innerer Aufregung stürzte ich mich auch in diese Mutprobe – ein kurzes, völlig tristes Abenteuer. Eines dieser Mädchen allerdings lernte ich auf dem täglichen Weg zu und von Vorstellungen im Operettenhaus an der Reeperbahn besser kennen. Wir rauchten gelegentlich eine, wenn der Betrieb mau war und sie auf Kundschaft wartete. Und als Agnes, meine zeitweilige Mitbewohnerin, gerade diese eines Abends mit zu uns nach Hause brachte, um mit ihr ins Hamburger Frauenhaus zu fahren, weil sie aussteigen wollte, und ich in Panik vor der Rache ihres Zuhälters allein in der Wohnung auf Agnes' Rückkehr wartete … andere Geschichte, weiter.

E wie Erichstraße. Die Spielhalle, die Erichklause, darin der Leichenschmaus für Ernst – dazu später –, der Club Justine mit den geschwärzten Schaufensterscheiben, kleine Puffs und trostlose Kellerkneipen. In einer von ihnen, die Lille Norge hieß und fast immer menschenleer war, bediente eine Nachbarin von uns, deren zwei kleine Kinder währenddessen oben in ihrer Wohnung alleine ihrem Schicksal überlassen blieben. Hier gingen Achim und ich bisweilen Flippern-und-Kaffeedazu. Der Flipperautomat im Lille Norge hatte noch alte bananenförmige Hebel und war immer frei, so dass wir zu jeder Tages- und Nachtzeit ausgiebig und ungestört spielen konnten. Achim war der Freund und Kollege, mit dem gemeinsam ich die Wohnung in der Davidstraße bezogen hatte, der sie vielmehr für uns zwei gefunden hatte, in dem heißen Sommer 82, als wir beide dringend eine Bleibe brauchten.

Wir gingen regelmäßig ins Lille Norge, vielleicht einmal wöchentlich, bis zu dem Tag, an dem ich entdeckte, dass aus der Bärenmarke-Kondensmilchdose, die unsere Nachbarin uns zum bestellten Flipperkaffee auf den Tresen gestellt hatte, keine Milch fließen konnte, weil eine Kakerlake das untere der beiden eingestoßenen Löcher mit ihrem kleinen Panzer versperrt hatte. Erst nach eingehender Untersuchung der Dose kam die Kakerlake mühsam hervorgekrochen, und die Milch sprudelte. Da dachten wir, wir hätten nun alles erlebt, was im Lille Norge zu erleben sei, und kamen nur noch selten. Irgendwann wurde dann auch der Flipper ausgetauscht. In der danebenliegenden Kneipe, dem Café Danmark, das ähnlich trostlos und gleichfalls schlecht besucht war, lernte ich eines Abends immerhin den *Professor* kennen, einen verzweifelten Akademiker, der mir erzählte, er würde derzeit als Leichenwäscher arbeiten. Er hielt gerne längere Vorträge über den Tod und das Leben an sich – *Für den, der fühlt, ist das Leben eine Tragödie, für den, der denkt, ist das Leben eine Komödie* –, zog Fotos seiner Klientel aus der Brieftasche, zeigte sie herum und behauptete, er würde, seit er auch zufällig seine ehemalige Freundin als Leiche habe waschen müssen, den Geruch nicht mehr von seinen Fingern abwaschen können … andere Geschichte, weiter.

F wie Friedrichstraße.

Weg zur S-Bahn, Station Reeperbahn.

Eigentlich nichts.

Doch – die Rückseite des Gebäudes mit dem Stundenhotel meiner entmutigenden Mutprobe … weiter.

G wie Gerhardstraße. Die Straße der verschwundenen Menschen für mich. Gerhard hieß mein Vater, der auf so unheimliche Weise aus meinem Kinderleben verschwunden war und immer noch in Träumen als Gespenst zurückkehrte, und hier in der Gerhardstraße traf ich später auch unseren Hausmeister, der mir angelegentlich, eher schulterzuckend und fast unbeteiligt, erzählte, seine Frau sei vor einer Woche plötzlich spurlos verschwunden, auf dem Weg zum Supermarkt. Er sei ratlos, niemand wisse etwas Genaues, auch die Polizei habe keine Hinweise, naja, da könne man wohl nichts machen. Ich fragte mich, ob es Schock oder Abstumpfung war, was ihn das so völlig gleichgültig hinnehmen ließ. Und in dieser Straße verschwand später auch eine Freundin von Agnes. Nein, sie verschwand nicht, sie versank langsam und stetig in einem Alkohol- und Drogensumpf, nachdem sie, vom Land in die Großstadt aufgebrochen, eine Zeit lang bei uns gewohnt hatte. Ihr Freund, ein unerträglich aufdringlicher Mensch, von dem sie sich eigentlich hatte trennen wollen, war ihr nachgereist, hatte tagelang auf sie eingeredet, sie schließlich zurückgewonnen und für die beiden dort eine Wohnung gemietet. Ich ging später zu ihr oder zu ihm, um geliehenes Geld zurückzuverlangen, aber da war schon … andere Geschichte, weiter.

H wie Herbertstraße.

Ja – hm.

Die offenliegende Kanalisation.

Vielleicht.

Die ungut riechende Drainage.

Nein, stimmt nicht. Gar nicht. Auch nur Auslage, Schaufensterdekoration, lauter Projektionsflächen. In fünfundzwanzig Jahren bin ich vielleicht zwei- oder dreimal durchgegangen, mal mit einer Freundin, um anzugeben, mal allein. Aber was dort angeboten wurde, hat mich nie gereizt, hat mich nie scharf gemacht. Das war mir zu üppig, wie ein zu süßes, zu fettes, zu reichhaltiges Essen. Und doch ist der Kanaldeckel dort zumindest durchsichtig, man kann ins Rohr hinuntersehen. Jeder weiß, hier geht's um Sex, machen oder gucken, kein Drumrum. Das ist klar, aber klar ist auch der Preis: Die mit all dem üppigen Aufwand hervorgelockten und heraufbeschworenen Träume, Wünsche und Sehnsüchte werden im selben Moment zu Ware gemacht, verspottet, verhackstückt, verhöhnt.

Und doch, welche Erleichterung für mich damals, zu wissen, dass Sex hier immer ein Thema war, dass er hier ein Existenzrecht hatte, dass er hier sein durfte – für mich, für den damals das Wort »ficken« auszusprechen noch ein roher Vorgang war, »ficken« eigentlich noch gar kein Wort. Denn meine eigene innere Unruhe, der Druck und die Verklemmung waren ja so mächtig, dass ich mir ganz Sankt Pauli zu Hilfe nehmen musste, um damit zurechtzukommen.

Weiter.

Was lässt sich über Sex schreiben?

Nichts.

Oder: *Der Sex* ist männlich, *die* Sexualität weiblich.

So was zum Beispiel.

Ich weiß noch, wie mich, in einem trüben Hotelzimmer auf Dreharbeiten wartend und nachdem ich probeweise das Pay-TV eingeschaltet hatte, die sicher nicht neue Erkenntnis wie der Schlag traf, dass Sex von jedem und jeder mit jedem und jeder auf der ganzen Welt jeden Augenblick jederzeit überall gemacht werden kann. Und gemacht wird. Und immer schon. Und in Zukunft auch. Dass das, was sich da gerade im Pay-TV für teures Geld abspielte, der alleralltäglichste Vorgang war, wie Essen, wie Verdauen, zugleich der allerintimste, dass das alles so so so so so so so ursprünglich, grundsätzlich, was weiß ich – kreatürlich ist.

Dass das immer und überall Genuss, Schrecken, Freude, Abhängigkeit, Gewalt, Glück, Unglück, Spaß bedeutet.

Dass das einfach so geht.

Dass es das einfach schon ist.

Dieser Vorgang eben.

Einfach so!

Einfach! Auch für eine Minute – ab einer Minute kostet es – in einem schlecht gemachten Porno, vor laufender Kamera.

Dass das trotzdem Sex ist.

Dass es das eben schon ist.

Ich fand diesen Gedanken damals äußerst erschreckend. Kaum zu ertragen. *Ficken ist der einzige Trost der schmachtenden Menschheit.* Puccini. Binsenweisheiten. Über Sex lässt sich nicht schreiben … weiter.

A B C D E F G H.

Anton, Balduin, Carl, David, Erich, Friedrich, Gerhard und Herbert.

Herbert.

Gerhard.

Friedrich.

Erich.

David.

Carl.

Balduin.

Anton.

Acht Männer.

Keine Frau dabei.

Ich stand also auf dem Balkon unserer Wohnung in der Davidstraße Nummer fünf, schaute rechter Hand auf das in der Sommersonne glitzernde Hafenwasser, dann zur anderen Seite auf das Sankt-Pauli-ABC hinunter, hörte die Brauerei rauschen, sog ihren Dunst ein und dachte: »Angekommen!« Und zur gleichen Zeit zweifelte ich daran, das alles in mir und um mich herum aushalten zu können, hier überleben zu können. Dass das in einen Dauerzustand – das, was man Wohnen nennt – übergehen könnte, war mir damals unvorstellbar. Aber eins nach dem anderen.

Es geht ja um Martha.

Aber vor Martha war Ernst.

4 Fickfehler

Und vor Ernst waren die *Fickfehler*.

Suspense – Erhöhung der Spannung durch Verzögerung des Erscheinens der Hauptfigur –, das genau war das Gefühl, das sich am Abend der ersten Begegnung mit Martha in Achim und mir ausbreitete, so wie in Saba und Tanny, mit denen zusammen wir ihn erlebten. Allerdings wussten wir zu Beginn dieses Abends damals noch gar nichts von Marthas Existenz. Saba und Tanny, zwei junge Frauen, die kurz nach uns die bis dahin leerstehende Wohnung direkt unter uns bezogen hatten, waren auf ein Bier und mehrere Zigaretten hochgekommen. Beide waren ein oder zwei Jahre jünger als Achim und ich, einundzwanzig, vielleicht zweiundzwanzig. Saba malte, wollte Freie Kunst studieren und kannte sich gut aus in der Punk- und der neuen New-Wave-Szene Hamburgs, was wir insgeheim respektvoll bewunderten. Sie war nervös-schön und war schon, wie sie immer wieder beiläufig fallenließ, mit vielen angesagten Leuten aus der Szene im Bett gewesen, mit Musikern, bildenden Künstlern, Kunstprofessoren und und und – wir kannten nicht mal deren Namen. Sie stammte aus einem anderen Pinneberg südlich der Elbe, das sie in meinen

Augen aber schon viel vollständiger abgeschüttelt hatte als ich das meine. Das schüchterte mich zusätzlich ein, und es kostete mich an diesem Abend wieder mal viel Kraft, mir das nicht anmerken zu lassen, sondern stattdessen entspannt wissend zu nicken, als sie zum Beispiel von Teddy erzählte, dem Sänger der *Fickfehler,* der zwar nicht ihr geistiges Niveau besitze, dafür aber fantastisch im Bett sei, und den sie sich deshalb als Lover warmhalten wollte.

Hin- und hergerissen zwischen der Anstrengung, mitten im angeregten Gespräch meine eigene mir dabei zu Bewusstsein kommende Unerfahrenheit und Erbärmlichkeit ertragen zu können, und der geradezu körperlichen Aufbietung aller Reste von Selbstbehauptung, um dennoch gelassen, wie selbstverständlich mitreden, mitrauchen und mitlachen zu können, hier und da sogar einen launigen Kommentar oder ein »Ja, klar«, ein »Na sicher« beisteuern zu können, das anzeigen sollte, wie geläufig mir dies alles sei und dass meiner Erfahrung nach das Künstlerleben eben auch so seine Schattenseiten habe, konnte ich mich doch nicht des tiefen Eindrucks erwehren, den die beiläufige Erwähnung eines Songtitels der *Fickfehler* auf mich machte, nämlich: *Mann mitm appen Arm.* An den Text dazu, den Saba hervorholte, erinnere ich mich nicht mehr, aber daran, dass er von Teddy auf ein abgerissenes Stück Tapete geschrieben worden war, was mir abermals maßlose Bewunderung abnötigte. Das war es, was Achim und ich, als Schauspielschüler ständig von Sprache, Literatur, Klassik und Avantgarde redend, nämlich nicht zuwege brachten: einen Text zu schreiben, einfach mal so, ohne Ambition, direkt, der nicht Avantgarde zu sein vorgab, nicht Literatur – *lyrics,* nicht Lyrik. Aber hier war er, als Ausdruck eines Lebensgefühls. Dieser Songtitel *Mann mitm appen Arm* war ein kurzes, genaues, treffendes Bild in vier Worten, inklusive Humor, Gewalt, Straße, eigener Diktion und Ästhetik, in einer nichtliterarischen Sprache, Rhythmus auch dabei, Musik drin, danke. Das konnte Teddy also obendrein leider auch noch und wir eben leider nicht.

Aber Teddy war an diesem Abend anderweitig unterwegs, worüber ich insgeheim erleichtert war, ohne mir natürlich Neid oder Bewunderung oder gar Anerkennung anmerken zu lassen, und so hatten Saba und Tanny beschlossen, die beiden Jungs, die über ihnen wohnten, näher kennenzulernen. Tanny war ebenso in der Szene unterwegs wie ihre Freundin, ebenso bewandert, ebenso stark geschminkt, ihr Kopf war halb kahlgeschoren. Sie hatte allerdings eine schwer erträgliche Stimme, nicht nur wegen der Tonhöhe, sondern auch wegen der Sprachmelodie. Etwas Schwäbisches klang durch und wollte nicht recht zum rauen Punk-Image passen. Mit dieser Stimme gab sie nun wieder und wieder ihre Beschlagenheit und ihren Erfahrungsreichtum bekannt, was bei Achim und mir zunehmendes Desinteresse hervorrief. Doch trotz meines Widerwillens ihr gegenüber war ich dennoch dankbar dafür, froh, einmal etwas nicht bewundern zu müssen, was aus der Szene kam. Ein kleiner Makel – Erleichterung. Puh!

So flossen der Abend und das Gespräch dahin, intensives Rauchen ersetzte mehr und mehr intensiven Gedankenaustausch, paar Biere, noch'n bisschen Gossip. Die Unterhaltung begann zu tröpfeln, denn Achim und ich hatten nicht viel beizutragen. Schließlich traute ich mich sogar, von einem gerade hinter mir liegenden, völlig missratenen und frühzeitig abgebrochenen Finnlandurlaub zu berichten, aber als ich bemerkte, dass Saba und Tanny aus den Fenstern guckten und über meine Erlebnisse gequält lächelten und dass Achim schon seit erstaunlich langer Zeit im Kühlschrank nach Bier suchte, bemühte ich mich um einen passablen Ausstieg aus dem Ferienbericht. Mit einiger Mühe bekam ich das auch halbwegs lässig hin, aber es war nicht mehr zu übersehen, dass unsere Unterhaltung deutlich ihren Höhepunkt überschritten hatte. Die Gesprächspausen wurden noch länger und noch zäher, die Redebeiträge noch kürzer und noch unbeteiligter. Wahrscheinlich waren die beiden Frauen innerlich schon dabei, Vorbereitungen für ihren Abgang zu treffen, weil sie meinten, genug über uns in Erfahrung gebracht zu haben, als es an der Wohnungstür klingelte.

Ich öffnete.

5 Ernst

Vor mir stand ein älterer Herr: vielleicht sechzig, Mitte sechzig, mit einer Hand an der gekachelten Hausflurwand abgestützt, hochgewachsen, einen Kopf größer als ich, schmale Figur, hageres Gesicht mit langer, eleganter, knochiger, gerader Nase, noch volle weiße Haare, mit einem nassen Kamm oder Friseurcreme glatt in den Nacken gekämmt, die Haarspitzen gelblich, kleinkariertes braun-beiges Jackett, geschlossenes Hemd, Goldring am Finger mit dunklem quadratischem Stein, starker Rasierwassergeruch – offenbar hatte er sich für einen besonderen Anlass zurechtgemacht. Und in bemerkenswertem Gegensatz: Kunstlederpantoffeln an den Füßen, schweres Atmen und ein etwas zu breites Lächeln, das zwei Dinge vermuten ließ: Er hatte schon etwas getrunken, und: Er war Gebissträger.

»Nabend, ich bin Ernst Ihde. Von oben. Hier, ne Treppe höher links. Tut mir leid, dass ich so s-pät s-töre.«

Handschlag.

»Michael Weber.«

»Angenehm. Weißt du, mir is so langweilig da oben. Hast du nicht Lust raufzukommen? Ich lad dich auf ne Flasche Wein ein. Bin alleine.« Ich bemerkte eine leicht verzögerte Sprechweise, leicht gedehnte Vokale, leicht verschliffene Wörter, »langweich« statt »langweilig«, »raufskommn« statt »raufzukommen«. Dazu ein fragendes, einladendes Lächeln. Im Hintergrund Gemurmel der Stimmen in der Küche. Kleine verwirrte Pause meinerseits.

»Ja, gerne, aber ich sitz hier gerade mit Freunden ...« Er fiel mir begeistert ins Wort: »Ja, dann kommt doch alle! Wein is genuch da!«

»Ich frag mal. Kommen Sie doch rein solange.«

Tür zu, zurück in die Küche. Achim, Saba und Tanny kicherten über irgendetwas, blickten auf, und bevor ich zu Wort kommen konnte, hatte der Herr, der mir gefolgt war, mit seiner leisen, freundlichen Stimme seine Einladung schon an alle wiederholt, unterbrochen von kurzen asthmatischen Pausen, und hinzugefügt: »Ich heiß Ernst. Ihr könnt Du sagen.« Keiner von uns wusste so recht, was davon zu halten war.

Blicke.

»Okay – gehen wir!«

Ernst ging die Treppe voraus in den fünften Stock und hielt uns seine Wohnungstür auf. An der Tür das Namensschild: Ihde und eine WARNUNG VOR DEM HUNDE. »Herein-s-paziert! My Home is my Castle. Hähä.« Wir kamen in eine Wohnung, ähnlich der unseren, vier Zimmer, Küche, Bad, Klo, aber anders geschnitten, mit der Küche und einem ruhigen Zimmer zum Hof. Nein, nicht ähnlich der unseren, sondern viel bewohnter, voller, angefüllter. Nein, eigentlich betraten wir einen anderen Kontinent. Eine Welt mit braun und dunkelgrün gemusterter Auslegeware auf dem Boden, darübergelegt weinrote Brücken und Teppiche und Läufer, mit bunten Blumentapeten und Bordüren an den Wänden, im Flur dunkle Paneele, mit Stores und gerafften schweren Vorhängen vor den kleinen Fenstern mit üppigen Grünpflanzentöpfen auf den Fensterbänken. Dazwischen lagen und hingen eine Unzahl Fotos, Bilder, Kalender, Uhren, Ansichtskarten und mehrere asiatische und afrikanische Masken. Überall Schränkchen, Anrichten, Borde und Höckerchen. Neben dem großen Kohle-Kaminofen in der Stube war ein leerer Hundeplatz mit Decke und Kissen, auf der anderen Seite ein zimmerhoher Drahtkäfig mit einem, wie Ernst sagte, bissigen kleinen Affen, der schon bei unserem Eintritt unbändig und angsteinflößend schrie und umhersprang. Ungefähr anderthalb Meter davon entfernt stand ein zweiter, teilweise abgedeckter kleinerer Käfig mit einem papageienartigen bunten Vogel darin. Dann kam eine ausladende schwarze Ledercouchgarnitur ins Blickfeld, bestehend aus einem großen Sofa, zwei breiten Sesseln mit gepolsterten Fußhockern davor, dem niedrigen Couchtisch aus dunkel-bräunlichem Glas in der Mitte mit einem zentral dekorierten Deckchen darauf und vielen, vielen, vielen auf die Polstermöbel verteilten bunten Kissen, bedruckt mit unterschiedlichen Tier- und Blumenmotiven. Bequem vom Sofa aus zu erreichen stand der große braune Farbfernseher, der mit leise gestelltem Ton lief. Auf einem Sideboard, und daneben und darunter, befanden sich weitere kleine Schränkchen sowie drei ineinanderschiebbare Beistelltischchen, auch sie übersät mit aufgestellten Fotorahmen, Postkarten und Souvenirs. Im ersten Moment war ich nur verblüfft darüber, wie viele Dinge man auf so engem Raum unterzubringen vermag.

Das Herz dieser Welt jedoch war die Schrankwand. Die Schrankwand hinter dem Sofa. Diese einzigartige Schrankwand aus dunkelbraunem Schleiflackholz erstreckte sich über die gesamte Breite des Zimmers, reichte fast bis zur Decke und umschloss zwischen ihren Borden mit einigen Büchern, dem guten Geschirr, wiederum aufgestellten Fotos, Ansichtskarten und anderen kleinen Bildchen, Gläsern, Porzellanschüsseln, Strohhüten und Fotoalben ein zentrales, indirekt von einer grünlichen Leuchtstoffröhre beleuchtetes Vitrinenelement mit einer unübersehbaren Anzahl von – ja, was? – Figuren, Figürchen aus Plastik, Holz und Porzellan, Mitbringseln, Püppchen, kleinen Stofftieren, Schlümpfen, Überraschungsei-Figuren, Andenken, bedruckten Tässchen, Fläschchen, Gläschen, Nippes und und und. Mir war, als wäre diese Vitrine die eigentliche Quelle, aus der sich der Strom von Klein- und Kleinstdekorationsteilchen über den ganzen Raum ergossen und sich mäanderartig weiter in der gesamten Wohnung ausgebreitet hatte, bis er in seiner nun sichtbaren Verteilung zum vorläufigen Stillstand gekommen war.

War das schon wieder Pinneberg? Alle Elemente einzeln – ja, sicher. Aber in dieser überwältigenden Fülle, in dieser haltlosen, anarchischen, genusssüchtigen Ausbreitung und mit einem schreienden Affen im Rücken – eindeutig nein. Dies alles war nicht wahllos zusammengesucht, das bemerkte ich wohl, jedes dieser Teilchen schien eine besondere Geschichte und Herkunft zu haben. All das war viel zu viel für das kleine Zimmer, und doch wirkte der Raum nicht voll. Es war eine mit sehr viel Zeit, Sorgfalt und Hingabe eingerichtete Rauminstallation, die den Eindruck absoluter Zufälligkeit vermittelte. Das grüne Neonlicht der Vitrine, der bläulich flackernde Schein des Fernsehers und die gelbe Halogenbeleuchtung der Brauerei gegenüber, die durch die Fenster drang, verstärkten die Künstlichkeit der Szenerie.

»Setzt euch doch. Wo ihr wollt.«

Ernst stellte den Fernseher stumm und schüttelte die Kissen auf. Wir betraten diesen mit so viel Vorleben angefüllten Raum, diese begehbare Sehnsucht nach Heim und Geborgenheit, durch eine große, aufgeschobene Doppeltür langsam und vorsichtig. Der Affe schrie und tobte stärker. Ernst deckte den Käfig ab. Dann bemerkte er unsere Verwunderung und Unsicherheit angesichts dieser Überfülle und sagte mit Stolz: »Bei euch is ja noch ziemlich kahl, bei uns is schon wohnlicher.« Und noch im Hinsetzen, während ich noch darüber nachdachte, was das eigentlich für ein Wort ist: *wohnlich,* sagte Achim, ebenfalls beeindruckt und wohl auch aus Höflichkeit: »Schöne Wohnung.« Worauf Ernst, der schon Platz genommen hatte, wieder aufsprang: »Jaja. Sollch euch zeigen? Guckt euch um. Wo ihr wollt! Hier, die Sitzgarnitur, die war teuer. Haben wir uns zur Silberhochzeit gegönnt. Echtes Leder. Deshalb sind auch Decken drauf. Und drüben – du und du«, er zeigte auf Achim und mich, »kommt mal mit, wir holen Wein.«

Wir ließen Saba und Tanny in der Couch versunken zurück und folgten Ernst in einen anderen Raum, der gut zu einem Drittel aus einer voll eingerichteten Hausbar bestand, mit einem kleinen, etwa ein Meter dreißig hohen Tresen, drei Barhockern davor, einem Kühlschrank und einer Musikanlage dahinter. IM HIMMEL GIBT'S KEIN BIER, DRUM TRINKEN WIR ES HIER, Cocktailstäbchen und Salzstangen im Glas, Bierdeckel, Eiskübel, an der Decke das obligatorische Fischernetz mit den bunten Glaskugeln, an der Wand unter anderem eine Schürze dekoriert, darauf gestickt: ICH BRAUCH KEIN ARZT UND KEINE APOTHEKE, SITZ ICH BEI ERNST UND MARTHA AN DER THEKE.

»Hab ich alles selbst gebaut. Alles für sie. Nehmt Platz, erklimmt die Hogger!« Ernst ging hinter den Tresen, wir setzten uns davor. »Komm, wir machen mal 'n richtig guten Wein auf. Der Fürst hat heute Laune. Aber 'n richtig guten. Soll sie doch sehen …« Unser Besuch beflügelte ihn offensichtlich, und unversehens verschwand er hinter der Theke der Hausbar nach unten, wie das Krokodil in einem Kasperletheater. Wir hörten ihn dahinter murmeln und ächzen, etwas auf- und wieder zuklappen, wahrscheinlich einen Kühlschrank, und sahen uns ratlos an. Plötzlich wurde er wieder sichtbar, er hatte sich ruckartig aufgerichtet und stand nun leicht gebeugt und ein wenig schwankend im Profil unter einer Lampe, die eine Hand an den Tresen geklammert, in der anderen eine Weinflasche. Er hielt die Flasche ins Licht, etwa eine Handbreit vor seinen stark vorgereckten und schräg nach unten geneigten Kopf, um das Etikett zu studieren, und zwar so schräg, dass ich Sorge hatte, er werde jeden Moment vornüber vor den Kühlschrank kippen. Dann sagte er: »Nee, der nich.«

Und damit war er wieder verschwunden. Dieses Auf- und Abtauchen wiederholte sich mehrfach: Gemurmel von unten, Aufklappen, Flaschenklirren, »wo isser denn jetzt«, Zuklappen, Aufrichten, Schwanken, Profil, Flasche dicht vor's Gesicht, Etikett studieren, »auch nich«, und abwärts. Und wieder Kühlschranktür, Flaschenklirren, Stöhnen, Kühlschranktür, zack, hoch, kurz das Gleichgewicht finden, nächste Flasche ins Licht, »neenee«, zack, wieder weg. Mit jedem Auf und Ab ließ seine Standfestigkeit nach, sein Gesicht näherte sich zunehmend den Flaschen, die Flaschen immer mehr dem Tresen, der Oberkörper immer mehr dem Kühlschrank.

Und wieder hoch, und wieder Flasche vor die Augen.

»Ach was, nee, der auch nich. Wo is'n der gute?«

Und – Tauchstation.

Hoch, »nee«, runter.

Hoch, »nee, auch nich«, runter.

Dann hörten wir ihn unten herzhaft niesen, und als er das nächste Mal hinter der Bar erschien, waren seine Nase und das Etikett der neuesten Flasche durch einen dünnen fingerlangen Faden Nasenschleim verbunden, der im Licht der rötlichen Barlampen glitzerte und leicht, leicht hin- und herschaukelte, weil auch Ernst leicht, leicht hin- und herschaukelte.

Dann sagte er begeistert: »Das isser!«

Hier konnte sich Achim nicht mehr beherrschen. Schon vorher hatten wir uns in stummem Einverständnis darauf konzentriert, die Accessoires der Einrichtung zu betrachten, um ein aufkeimendes Gelächter zu unterdrücken. Lange Blicke waren gefährlich, die Zwerchfelle flatterten bereits bedenklich. Aber dieser schwankende, glimmernde Nasenfaden machte all unsere Bemühungen mit einem Schlag zunichte. Achim drehte sich auf seinem Hocker aus Ernsts Sichtlinie und ließ einem hysterischen, nicht mehr bezwingbaren Gepruste zumindest halbwegs freien Lauf. Ich sah nur seine zuckenden Schultern und hörte eine Art wildes Schnaufen. Dann drehte er sein von Verzweiflung verzerrtes Gesicht mir zu und wischte sich die tränennassen Augen. Ich meinerseits presste die Lippen aufeinander, um das in mir aufsteigende Lachen in ein flaches Hüsteln umzulenken, und mit letzter Kraft und zitternder Stimme gelang es mir noch, stoßweise hervorzubringen:

»Du, Ernst, dir hängt – da was – an – der – Nase!«

Das wiederum brachte Achim völlig aus der Fassung. Er ließ nur mehr ein heiseres Krächzen hören und begann, um Luft ringend, vom Barhocker zu sacken. Damit war es auch um mich geschehen. Achim sah offensichtlich nur noch einen Ausweg für sich, nämlich das Zimmer fluchtartig zu verlassen. Bei diesem Versuch blieb er allerdings mit einem Fuß im unteren Ring seines Barhockers hängen und stürzte samt Hocker den langen Weg zu Boden. Ich sprang zu ihm, half ihm in eine hockende Stellung auf und kauerte mich zitternd vor unterdrücktem Gelächter neben ihn vor die Hausbar. Wir pressten unsere Köpfe aneinander, um uns zu beruhigen, und Achim flüsterte mir aus einer schmerzverzerrten Grimasse zu:

»Chkannichmehr. Chkannichmehr!«

Ernst rief von oben: »Vorsicht, Jungs!«

Aber wir waren aus seinem Blickfeld, das brachte Entlastung. Nach einigen Sekunden der Selbstberuhigung richtete ich mich wieder auf, stellte die Hocker zurecht, und, innerlich wieder einigermaßen stabil, blickte ich hoch, während Achim erschöpft und leise wimmernd das Zimmer verließ. Ernst hatte offensichtlich nichts bemerkt oder er hatte es anders aufgefasst. Der Schleimfaden jedenfalls war verschwunden, und er war dabei, die Weißweinflasche zu entkorken.

»Das is der Beste. Ja. Der Beste für die Gäste. Hähä.«

Ich schämte mich. Wir gingen mit Wein und Gläsern zurück in die gute Stube. Ich bemerkte den Blick von Tanny zu Saba, ich sah ihre kurz hochgerollten Augen und ich wusste, was sie dachte: »Mein Gott, ist das peinlich hier alles. Naja, hat man später was zu lachen.« Aber ich meinerseits wollte nicht, dass dieser Abend, der mit einer so ungewohnt freundlichen Einladung begonnen hatte und an dem für uns der beste Wein geöffnet wurde, schon nach zehn Minuten aus dem Ruder lief, wenn möglich überhaupt nicht aus dem Ruder lief, denn für mich war das alles wohl auch peinlich, lächerlich und absurd, aber vor allem fremd und interessant. Und auch schön. Achim hatte sich inzwischen einigermaßen beruhigt. Er saß mit gesenktem Kopf in einem der Sessel und rieb sich die Augen.

Wir stießen an.

»Und was macht ihr so?« fragte Ernst.

Wir erzählten stockend, etwas mühsam, zu dritt. Tanny sagte gar nichts mehr, ihr war diese ganze Begegnung schon mehr als lästig. Ernst hörte lächelnd, manchmal leicht abwesend zu und genoss, in seinen breiten Ledersessel zurückgelehnt, sichtlich die Gesellschaft. Er stellte keine Fragen, sondern raunte nur ab und zu: »Jaja. Hmhm. Uhum.« Dann, auf die Frage von Achim, woher all die Andenken, Figuren, Masken und so weiter stammten, fing er an zu erzählen.

6 Wunschkonzert

Zur See gefahren.
Schiffszimmermann, ne?
Frührentner.
Arbeiten – nee, nich mehr.
Braucht auch keiner mehr heute, die Großen laufen doch
heute mit sieben, acht Mann aus.
Hat doch keiner Ahnung.
Ausgeflaggt, alles ausgeflaggt. Korea wasweißich, ne?
Zimmerleute, hörmirauf!
Ausgeflaggt.
Zweites Register – Mist!
Und saufen ab und wundern sich.
Und die Eigner – goldene Nase.
Ganze Öl ins Wasser – der Schiet –
Is denen doch egal.
Ich bin auch kaputt.
Hier, die Brust –
Asthma.
Und vom Rauchen.
Nix mehr drin.

Den Affen hab ich mitgebracht, Elfenbeinküste.
Aber der macht ja nur noch Lärm, scheißt den ganzen Tach.
Ja – der hat Durchfall.
Wir müssen mit ihm nach'n Doktor.
Ja, is ja gut, mein Schieter!
Is gut jetzt!
Das hier, ne?
Hab ich ihr alles mitgebracht.
Oder geschickt, ne?
Muss man ja machen, ne?
Dass sie wusste, wo ich bin.
Dass ich treu war.
Ihr.
Ne?
Ich bin nämlich treu.
Oder wenn was anderes lief, ne –
Bei ihr oder bei mir, ne –
Dass das wieder in Ordnung kam.
Dann, ne?
Hier, die Möbel.
Alles vom Feinsten!
Das's alles für sie.
Muss man sich'n bisschen ranhalten, ne –
Bei ihr.
Die is nich ohne.
Faustdick, ne?
Musst du schon mal'n büschen Wunschkonzert machen, ne?
Auch im Bett.
Und die Schlafs-tube –
Kommt mal mit, ich zeich euch was!

Hier, die Mädels,
Du und du,
Kommt mal mit!

Er führte Saba und Tanny in den Flur und öffnete die Tür zu einem hinteren Zimmer. Ich ging neugierig hinterher. Licht an – ein Schlafzimmer. Auch hier alles voll und bunt, ein ausladendes Doppelbett, Nachttische, zwei große Kleiderschränke, daneben Behelfsschränke – plastikstoffumspannte Drahtgestelle mit Kleiderstangen und türartigen reißverschlussumsäumten Öffnungen –, Bilder, Spiegel, Lampen, Fotos, Andenken, Postkarten, Kalender, Vorhänge, Radiowecker, auf vielleicht zehn Quadratmetern.

Hier, die Daunenbetten.
Das Beste vom Besten!
Fühl mal, hier.
Ganz weich, ne?
Schön kuschelig – hehe –
Wisst ja, was ich mein, ne?
Und hier – alles ihre Klamotten.
Hier – Abendgarderobe.
Schick, ne?
Hier, mit dem Pelzkragen – hat sie viel getragen.
Hier und hier und hier – alles voll.
Guck mal, feinster Zwirn.
Edel, ne?
Das findest du sonst gar nicht.
Alles ihr's.
Und alles bezahlt!

Er öffnete die Schränke, riss die Reißverschlüsse auf, wühlte zwischen Kleidern und Mänteln, zog das eine oder andere hervor und erzählte, wann und wo er es für »sie« oder sie es mit ihm gekauft oder wo, wann und zu welchem Anlass »sie« es getragen hatte. Dabei erregte er sich mehr und mehr, sein Gesicht wurde rot, Schweißtropfen erschienen auf Stirn und Nasenflügeln, und seine Stimme wurde höher und kehliger. Ich sah ein aufgestelltes Foto auf einem der Nachttische, deutete darauf und fragte aus dem Hintergrund: »Deine Frau?«

»Ja!«, rief er wütend, »Ja! Klar! Martha! Alles für sie!«, und keuchte etwas.

Eine unangenehme Stille entstand. »Oha«, dachte ich, »nicht weiterfragen.« Aber Saba war, wie so oft, dreister und direkter und fragte dann doch die Frage:

»Wo ist die denn – jetzt?«

Kurze Stille.

Er hängte die Kleider zurück, schloss die Reißverschlüsse und fiel in sich zusammen. Dann räusperte er sich und sagte:

Keine Ahnung.
Is mir auch egal.
Hatten S-treit.
Is raus.
Kommt schon wieder.
Blöde ...
Licht aus im Schlafzimmer

Auf dem Weg zurück in die Stube, im dunklen Wohnungsflur, schneuzte er sich, schniefte – aber ich wusste, er weinte – und murmelte zweimal irgendetwas mit »Hochzeitstach«.

7 Auftritt

Wir saßen wieder in Couch und Sesseln. Schweigen und Rauchen. Ernst schenkte die Gläser voll, sagte »Ich geh mal für kleine Jungs« und verschwand.

TANNY ACH! DU! SCHEISSE!

SABA Vielleicht gehen wir mal langsam.

TANNY Ja, bitte!

ACHIM Was war denn?

SABA Ihm ist wohl die Alte abgehauen, und jetzt will er sich mit uns hier die Birne vollknallen, damit er den Abend überlebt.

TANNY O – ber – peinlich!

ACHIM Und wo ist die jetzt?

ICH Weiß er nicht.

TANNY Bitte weg hier, schnell! Wir verziehen uns einfach.

ICH Können wir nicht machen.

TANNY Wieso nicht? Wir hocken hier doch schon anderthalb Stunden rum und hören uns diesen Bullshit an. Das reicht ja wohl. Los, wir verdrücken uns. Wer weiß, wie lange der noch auf'm Klo ist.

ICH Aber er hat uns eingeladen.

TANNY Ach, das kriegt der doch gar nicht mehr mit, wenn wir weg sind.
ICH Ich bleib noch.
ACHIM Ich bin auch für Bleiben, wenigstens bis er vom Klo zurück ist.
SABA Also gut. Dann bleiben wir noch, bis wir ausgetrunken haben. Aber dann ab!
ACHIM *und* ICH Gut.
TANNY *stöhnt*

Die Klospülung rauschte. Wir horchten und warteten. Es klingelte an der Wohnungstür. Wir guckten uns an. Das ist *sie!* Ist *sie* das? Das konnte ja nur *sie* sein. Ernst kam aus der Toilette, drückte auf den Summer für die Haustür fünf Stockwerke unter uns und öffnete die Tür zur Wohnung. »Ph, Schlüssel vergessen«, raunte er in sich hinein, als er zurück ins Zimmer kam und sich wieder in seinen Sessel fallen ließ. Dann schenkte er sich Wein nach und starrte auf die Platte des runden Glastisches vor sich. Schweigen.

Aus dem Treppenhaus hallten Schritte. Damenschuhe, spitze Absätze – Pumps? Dann war ein Husten zu hören, dann ein Ruf mit rauer Stimme, nicht zu verstehen, irgendetwas mit zwei A's. Es war zu spät, sich jetzt noch zu verabschieden. Den Zeitpunkt, zu dem wir diese Wohnung noch als Unbeteiligte hätten verlassen können, hatten wir eindeutig verpasst. Wir horchten auf die Geräusche im Hausflur.

»Gut. Also, so isses«, dachte ich. »Wir sind offensichtlich, ohne es zu ahnen, mitten in ein Ehezerwürfnis geraten. Jetzt mal ganz klar: Die leben hier seit mehr als fünfundzwanzig Jahren zusammen, wahrscheinlich schon sehr viel länger. Heute ist ihr Hochzeitstag, irgendetwas ist schiefgelaufen, und sie hat die Wohnung verlassen, ohne zu sagen, wohin sie geht. Ihr Mann hat dann getrunken, es nicht mehr alleine ausgehalten und sich vier wildfremde junge Leute, zwei davon deutlich erkennbar Punks, eine davon sogar halb glatzköpfig, in seine und ihre teure Ledersesselgarnitur in die gute Stube gesetzt, mit denen er jetzt, mittlerweile völlig duhn, gegen halb zwölf nachts aus den edelsten Gläsern den besten, teuersten Weißwein leertrinkt, der wahrscheinlich zur Feier des Hochzeitstages kaltgestellt worden war. Das muss für die Frau ja eine üble Überraschung sein, wenn sie in wenigen Augenblicken dieses Zimmer betritt. Diese Begegnung wird also keine angenehme werden. Von ihr, der Frau, wissen wir bisher nur, dass sie sehr anspruchsvoll ist, wahrscheinlich auch tonangebend in dieser Wohnung.« – *Faustdick* klang plötzlich ganz anders nach.

In meiner Vorstellung begann das Bild einer Art Majorin Gestalt anzunehmen, das Bild eines gefräßigen Hausdrachens, der immer und immer aufs Neue mit Souvenirs, Aufmerksamkeiten, Mitbringseln und teuren Klamotten besänftigt werden muss, die er, der Drache, beziehungsweise sie, die Majorin, dann in der ganzen Wohnung verteilt, hortet und dekoriert, um sie später regelmäßig abzustauben. »So jemand mag Leute wie uns nicht unbedingt«, ging es weiter in meinem Kopf. »Ach was, gar nicht! Punk und alles, was damit zu tun hat, schon überhaupt nicht! Gesocks, Gesindel, FAHRBARE MÜLLPRESSE und so weiter, RÜBE AB! Klar. Sicher. Also: Das sieht nicht gut aus. Hier. Gleich. Für uns. Alles! Und selbst wenn sie jetzt zurückkäme, um sich zu versöhnen, unwahrscheinlich, aber immerhin denkbar, wird gerade unsere Anwesenheit genau das unmöglich machen, im Gegenteil, sie wird vermutlich den Streit wiederbeleben, ihn erst recht anheizen, neues Öl ins Ehefeuer kippen. Gut, was heißt das jetzt? Was soll es schon groß heißen? Es heißt, was es heißt: Wir stören hier. Eindeutig. Wir müssten weg. Können wir aber nicht mehr. Wir hätten gar nicht hochkommen sollen. Egal, zu spät. Na gut. Dann sollten wir uns auf einiges gefasst machen. Das wird hier alles gleich ganz gewaltig nach hinten losgehen. Deckung jetzt!«

Ähnliche Überlegungen werden auch Achim, Saba und Tanny durch die Köpfe gegangen sein, jedenfalls hockten wir vier wie paralysiert in den Polstern, während Ernst weiterhin auf den Couchtisch stierte. Die Schritte mochten mittlerweile im dritten Stock angekommen sein, denn jetzt waren auch Worte zwischen den Hustenanfällen zu verstehen, nämlich diese: TARZAN, KOMMST DU?

»Tarzan?« ging es in meinem Kopf wieder los, »Wer ist Tarzan? Ein Freund? Der Hausfreund? Möglich. Wahrscheinlich. Natürlich! Ein Spitzname! Na sicher! Vermutlich für einen hoffentlich wenigstens einigermaßen abgehalfterten Ex-Zuhälter mit entsprechenden Muskelpaketen, der auf Turnschuhen – keine Männerschritte zu hören! – mit hochkommt, um ihr beim anstehenden zweiten Teil der Eheauseinandersetzung beizustehen. Oder schon mal die wichtigsten oder teuersten Klamotten runterschleppen soll, die Fotos einpacken, die Bilder von den Wänden nehmen, während die Eheleute sich anschreien – oder nur stumm hassen. Das alles wäre schon unschön genug, da ist man nicht gerne dabei – aber was wird passieren, wenn sie und dieser Tarzan ihren in sich zusammengesunkenen, verstummten Ehemann zwischen vier Freaks in ›ihrer‹ Wohnung, in ›ihren‹ Sesseln, bei ›ihrem‹ besten Wein entdecken? Um halb zwölf nachts? Was wird passieren? Nichts

Gutes wird passieren. Im besten Fall werden wir vielleicht gerade noch Zeit haben, unsere Anwesenheit zu erklären. Nein, wie denn? ›Guten Abend, mein Name ist soundso ... Ihr Mann hat uns auf einen Wein ...?‹ RAUS! VERSCHWINDET! DA IST DIE TÜR! – Oder gleich Hauerei. Bitte nicht! Das Ding ist gelaufen. Selbst wenn wir nicht von Tarzan krankenhausreif geprügelt werden, ist diese Nachbarschaft bereits heute beendet. Stattdessen ab sofort Misstrauen, Ablehnung, Feindschaft, Hass, Schikanen, Beschwerden wegen jeder Kleinigkeit. Man wird sehen, dass man sich im Hausflur nicht mehr begegnet. So wird es sein! Tanny hat leider recht gehabt – in wenigen Augenblicken werden wir Zeugen, nein, werden wir Beteiligte schrecklich peinlicher, peinigender Szenen sein – Geschrei, Gewalt, Gezerre –, und der unausweichliche Rauswurf wird schließlich eine Erlösung sein!«

Klack, klack, köch, köch.

Auftreten Tarzan und Martha – ich hatte Sankt Pauli unterschätzt.

8 Martha

In der Doppeltür erschien eine kleine, etwa ein Meter sechzig große, schmale alte Frau in einem für ihr Alter verblüffend kurzen Rock, die dünnen, schönen Beine in Nylons, die schlanken Füße in Riemchenschuhen auf beängstigend hohen Absätzen. Ihr oberer Rücken war leicht gekrümmt, vielleicht von der Anstrengung, in diesen Schuhen die Treppen hochzusteigen. Eine gebrochene, zerbrechliche Gestalt. Um den Oberkörper trug sie eine kurze Jacke aus plüschartigem, langfaserigem Stoff in Rosa, die ein gut erhaltenes Stück aus den Endsechzigerjahren sein mochte, darunter war ein tief ausgeschnittenes Dekolleté zu sehen. Dazu viele breite, bunte, klappernde Armreifen um beide Handgelenke, einige Ringe und zwei oder drei Ketten mit großen Kunststoffperlen um den Hals. Die rechte Hand hatte sie auf ein Krokoimitat-Handtäschchen gelegt, in der linken hielt sie eine Zigarette und eine Leine, an deren anderem Ende eine mittelgroße, helle pudelartige Promenadenmischung hechelte – Tarzan!

Und auf diesem zarten, fragilen Damenkörper thronte ein ungeheurer Kopf. Umrahmt von einem Kranz weit abstehender, krauser dunkelblonder Haare, die wie eine blondierte Afroperücke wirkten – NA, MARTHA, HASTE WIEDER IN DIE STECKDOSE GEFASST? war die Standardbegrüßung in der Erichklause – blickte uns ein rundes, faltendurchzogenes, verlebtes Gesicht entgegen. Die blässlichen Augen in dunklen und tiefen Augenhöhlen waren satt geschminkt und wirkten unverhältnismäßig groß, obwohl die Lider träge herabgesenkt blieben. Ihre schmalen, knallrot gefärbten Lippen zogen sich zu einem breiten Grinsen, und zwischen ihnen hervor sagte eine unerwartet tiefe, heisere und weiche Stimme: »Oh, du hast Besuch. Das is aber schön!«

Was war das denn? Ich jedenfalls hatte noch nichts Vergleichbares gesehen. Eine bunte, knallige Mischung aus Gnom und Vamp, aus Troll und Bardame. Ich fühlte mich an die Erdmännchen der Augsburger Puppenkiste in *Kleiner König Kalle Wirsch* erinnert. Gleichzeitig kamen mir die blonden Gifte der Schwarzen Serie Hollywoods in den Sinn. Dann dachte ich aus unerfindlichen Gründen: Agatha Christie! Und, schon naheliegender, an jene kleinen überfüllten Jahrmarktstände auf dem Hamburger Dom in der Mitte des Menschenstroms, die bunte gasgefüllte Ballons und Plastikallerlei anbieten und die ich als Kind immer am allerinteressantesten fand.

»Das ist Martha«, sagte Ernst beseligt vom Tisch aus, und diese freundlich schillernde *Wucht* warf Jacke und Handtasche über einen Stuhl, raunzte den Hund an: »Tarzan, Platz!«, stöckelte auf uns zu und begrüßte jeden von uns mit einem etwas kraftlosen, sehr weichen Händedruck:

Erst die Damen – Martha, Tach. (*zu Tanny*)
Angenehm, Martha. (*zu Saba*)

Wie? Milli? Achso, Michael. Tach, Martha. *(zu mir)*

Ja. Martha, angenehm. *(zu Achim)*

Jetzt, aus der Nähe, sah ich ihren recht glasigen Blick und roch Alkoholatem. Dann setzte sie sich, und als Ernst ihr eröffnete, er habe uns auf einen Wein eingeladen, hörte ich zum ersten Mal ihr Lachen. Sie schaute uns der Reihe nach an, manchmal auch leicht daneben, und sagte lächelnd: »Das is ja schön, dass ihr noch raufgekommen seid. Da war Ernst nicht so alleine.«

Und von da an war sie da.

Ich weiß gar nicht mehr viel über den weiteren Verlauf dieses Abends und dieser Nacht, denn meine Wahrnehmung war von Bier und Wein schon etwas getrübt. Ich weiß eigentlich nur, dass dies alles ein starkes, verwirrendes Interesse in mir wachrief und dass besonders Martha mit ihrer großen Durchsichtigkeit und Zerbrechlichkeit unter der überbordenden Staffage und bei aller Betrunkenheit einen tiefen Eindruck von Würde, von Schönheit, von Lebenslust und von Genussfähigkeit in mir hinterließ – und zugleich von Verletzlichkeit, Härte und Gebrochenheit.

So konnte man also auch alt werden? Aha. Das war nun allerdings weitab von Pinneberg. So konnte man also auch ein Paar sein nach dreißig oder wie vielen Jahren? Achso. Da war kein Hauch von heiler Welt, wie die beiden da saßen, Ernst im Sessel, Martha auf der Couch zwischen Saba und Tanny, und erzählten, fragten, sich aufregten und sich ins Wort fielen, so direkt und auch so roh, aber angenehm roh, unverstellt roh. Wie ging das alles zusammen? Wo war der Ehestreit geblieben – niedergesoffen? Oder vertagt? Oder vergessen? Oder nur verschoben? Wahrscheinlich war es nicht mehr als ein kleineres Scharmützel gewesen in dem lebenslangen Kampf um- und gegeneinander, der für beide nur mit einigem Alkohol zu ertragen war. Aber diese offenliegende Art von Zerwürfnis und Versöhnung kannte ich aus meiner *Schonung* nicht.

»So wird man hier also alt«, dachte ich. »So recht und schlecht. So gerade eben, so *on the edge*. So viel muss man also aushalten können, mit viel Selbstbehauptung und ohne Beschönigungen. So kann man das Leben also gebrauchen und wird von ihm verbraucht, und dann ist man also zum Beispiel so. Aha.«

Und kein »Rübe ab« an diesem Abend, kein »Das Pack muss weg!«, kein »Sollen doch lieber arbeiten gehen!« Sondern HIER SOLL JEDER LEBEN, WIE ER WILL – das zur Hafenstraße, die auch unweigerlich besprochen wurde im Lauf der Unterhaltung.

Aha.

MARTHA Ich sag euch was: Sankt Pauli is'n Zoo. Is doch'n Zoo hier. Seltene Vögel und so weiter. In meinen Augen.

Aha.
Achso.
Immerhin.
Vielen Dank!

Zweiter Teil

Achselhöhle – Wer – Nichts – Kapitän auf der Reise – Krran – Schmaus – Arsch bewegen – Gerettet

1 Achselhöhle

Zeit verging. Die Einladung, die am Ende dieses ersten so eindrücklichen Abends mit Martha und Ernst von ihnen ausgesprochen worden war, wir sollten doch mal wiederkommen, nahmen Achim und ich, Saba und Tanny in den darauffolgenden Wochen nicht wahr – es gab auch keinen Anlass. Dann zog Achim wegen eines Theaterengagements nach Stuttgart, und Saba bekam eine neue, wesentlich angenehmere Mitbewohnerin, Carol, eine Amerikanerin. Mein Kontakt zu den beiden Ihdes im fünften Stock beschränkte sich auf kurze Begegnungen im Treppenhaus. Martha ging meist voraus, mit Einkaufstüten und Tarzan an der Leine, Ernst stiefelte, mit der Atemnot kämpfend, hinterher. Manchmal stütze sie ihn und half ihm hoch. Oder ich traf die beiden in der Davidstraße. Sie gingen oft Hand in Hand. Wir grüßten uns, sprachen kurz über Hausangelegenheiten – sollten wir die Miete mindern wegen der feuchten Flecken oder weil die Haustür unten nicht mehr richtig schloss? –, ein andermal gaben sie mir Tipps, wie ich Kohlen sparen konnte, aber meistens bestand unsere Unterhaltung aus Belanglosigkeiten, Neuigkeiten vom Kiez, nichts Persönliches.

Dann, an einem Morgen des folgenden Herbstes, klingelte mein Telefon, während ich mein tägliches Frühstück aufbaute:

Tee, Brötchen und Fischaufstrich, eine feuerrote Mischung aus Lachsersatz und Mayonnaise, die ich nahezu jeden Morgen im Feinkostgeschäft Dangers am Ende unserer Hauszeile kaufte, weil sie so billig und so besonders salzig war. Am anderen Ende der Leitung hustete jemand.

»Ja, Martha Ihde«

Sie hat es auch später immer vorgezogen, kurz anzurufen, anstatt sich die Mühe zu machen, die siebzehn Stufen zwischen den beiden Stockwerken hinunter- und wieder hinaufzusteigen.

»Guten Morgen. Worum geht's?«

»Könnt ihr Französisch?«

»Naja, ich – äh – bisschen. Und Achim ist inzwischen ...«

»Kommt mal hoch, einer.«

Aus dem Hintergrund hörte ich die Stimme von Ernst, der dazwischenrief: »Lass gut sein. Nicht nötig jetz. Das geht schon so. Ich brauch das nich!«

Dann legte sie auf. Ich überlegte kurz, wie viel Zeit mir noch blieb bis zur Probe – »Gut, eine halbe Stunde, dann muss ich los« –, ließ mein Frühstück stehen und ging hoch. Die Wohnungstür war angelehnt, und ich betrat zum zweiten Mal die Räume im Fünften. Es war niemand zu sehen, aber ich hörte Martha in der Küche am anderen Ende des kleinen düsteren Flurs hantieren. Es roch nach Essen und kaltem Zigarettenrauch. Dann kam Tarzan träge von seinem Hundeplatz und beschnüffelte mich.

»Komm rein! Ernst ist in der S-tube!«, rief sie aus dem Dunkel.

Dem entnahm ich, dass die Angelegenheit offensichtlich Ernst betraf, und ging ins Wohnzimmer, in dem Ernst gerade irgendetwas in die Schublade des Esstisches schob. Der Tisch war leergeräumt, die Tischdecke halb umgeschlagen, und auf der freien Fläche lagen zwei Stifte und seine Lesebrille. Dann rückte er sein Gebiss zurecht und wandte sich mit einem ungewissen Lächeln mir zu. Ich blieb in der Wohnzimmertür stehen, unsicher, was das alles zu bedeuten hatte.

»Tach.«

»Tach.«

Schweigen.

»Martha hat eben angerufen ...«

Schweigen, Ernst nickte.

»Worum geht's denn?«

Er winkte ab: »Ach, gar nix. Nich wichtig.«

Langes Schweigen. Geschirr klapperte in der Küche.

»Willst'n Kaffee?«

»Nein, ich war gerade beim Frühstück. Muss gleich ins Theater.«

»Na.«

Ernst blickte zur Wand, dann in Richtung Affenkäfig. Und lächelte aufs Neue, aber diesmal bemühter, angestrengter. Martha ließ sich nicht blicken, sie hatte sich wahrscheinlich absichtlich in die Küche verzogen. War schon wieder Streit? – Immer noch Schweigen. Ich war einigermaßen ratlos und sagte schließlich: »Ja, wenn nix ist ... dann geh ich wieder runter.«

Und als ich den Ansatz machte, mich umzudrehen und wieder hinauszugehen, stand Ernst abrupt auf und zog sich keuchend den Pullunder, den er über einem karierten Hemd trug, mit beiden Armen über den Kopf. Dadurch standen seine mit Frisiercreme geglätteten Haare nach oben und hinten ab. Er stieß mehrmals »Hier! Hier!« zwischen den Zähnen hervor und fing hastig, geradezu wütend an, sein Hemd aufzuknöpfen. Dann streifte er einen Ärmel ab und riss auch noch sein Unterhemd hoch. Als er sich davon einigermaßen befreit hatte, hob er den nackten Arm über Kopfhöhe, deutete mit der anderen Hand in die nun freigelegte Achselhöhle und schrie fast: »Da!«

Ich bekam Angst, nicht nur wegen der eruptiven, unseren bisher gewahrten Abstand überschreitenden Selbstentäußerung, die mich vollkommen unvorbereitet getroffen hatte, sondern hauptsächlich aus einem anderen Grund, aus dem Achsel-Höhlen-Grund. Zu Beginn dieser grotesken Entkleidungsszene hatte ich noch gehofft, Ernst wolle mir eine Narbe, eine wunde Stelle irgendwo an seinem Körper zeigen oder auf irgendein Gebrechen hinweisen, aber spätestens mit dem Heben des Armes wusste ich, dass es wieder einmal so weit war.

»Bitte nicht«, dachte ich und starrte ihn entgeistert an, »bitte nicht die DEUTSCHE ACHSELHÖHLE!«

Es war dies nämlich nicht die erste Achselhöhle eines Mannes, eines älteren Mannes, so um Jahrgang 1920 und später, die ich ohne Vorbereitung und völlig unerwartet zu sehen bekam. Das erste Erlebnis dieser Art hatte ich ein Jahr zuvor gehabt. Ein Bekannter meiner Eltern half mir, das Teerpappedach eines Landhauses auszubessern. Er war ein schweigsamer, stämmiger Mann, der sein Leben lang als Landarbeiter auf einem Gutshof in der Nähe gearbeitet hatte und der jetzt, obwohl er Rentner war, immer noch viel Beschäftigung suchte und überall aushalf – ich glaube, weil er es im hart erarbeiteten kleinen Eigenheim mit der Familie nicht aushielt. Ohne seine Hilfe und Hinweise wäre ich im Fall dieser Dachreparatur nicht weit gekommen. Er war um einiges kräftiger als ich, handwerklich beschlagener und viel teerpappenerfahrener, und ich folgte gerne seinem Rat. Vor allem aber schätzte ich seine wortkarge Art und seinen sehr trockenen Humor. Diese gemeinsame Arbeit von mir so Jungem, Unerfahrenem mit dem so Alten und Versierteren gefiel mir ausnehmend gut, und ich glaube, ihm auch. Ich will ihn hier *Axel Höhle* nennen.

Axel und ich stiegen also an diesem Teerpappe-Dach-Reparatur-Nachmittag irgendwann die Leiter hinunter, um eine Pause zu machen. Ich holte uns Bier und Zigaretten. Die Sonne schien. Ich weiß nicht mehr, wie wir plötzlich darauf kamen, über Politik zu reden. Immer ein merkwürdiges Thema, wenn man sich aus anderen Zusammenhängen kennt, sehr intim plötzlich, so ähnlich wie das Gehalt oder der Lohn. Mir war das alles gar nicht so recht, zu oft kommen dann die irrtümlich vorausgesetzten grundsätzlichen Übereinstimmungen zur Sprache: »Findest du doch auch, oder? Ich mein, im Osten will doch keiner leben, is ja klar. Die Chaoten – ich mein, das sind doch keine Menschen mehr, oder? Der Ami ist einfach stärker als der Russe, undundund.« Und wenn dann eine gegenteilige Meinung geäußert wird, ist natürlich die entspannte Stimmung im Eimer – so genau wollte man's ja auch gar nicht wissen, es ging doch eigentlich ums Einer-Meinung-Sein, ums JAJA, GENAU, darum, dass man sich darauf nun aber wirklich mal einigen kann. Wo bleibt man dann mit den zutage kommenden unterschiedlichen Lebensentwürfen? Da ist das Terrain des Smalltalks eindeutig verlassen, und man steht übergangslos im windigen Nichts von Beziehung. Und dann werden so Notbrücken gebaut, um doch noch mit halbwegs heiler Haut davonzukommen, zu retten, was zu retten ist: »Naja, ist ja auch nicht so wichtig.« »Ach egal, Hauptsache, das Bier schmeckt.« Konsensterror! Alles überflüssig, unangenehm, am falschen

Platz zur falschen Zeit – nicht, wenn's nicht sein muss! Nein, gar nicht, nie – muss nie sein!

Das drohte auch an diesem Nachmittag, aber wir schafften es dann doch mit einigem Feingefühl, die erahnten erheblichen Gegensätze erahnt zu belassen und uns zu den angesprochenen Themen tatsächlich unsere unterschiedlichen Auffassungen gegenseitig zu gestatten. Bier und Zigaretten schmeckten noch, als wir zum vermeintlich ungefährlichen Gesprächsstoff Urlaubsplanung überwechselten. Ich sprach von geplanten Ferien in Finnland, worauf Axel erzählte, er hätte nie Urlaub im Ausland gemacht mit der Familie – zu teuer. Er sei überhaupt nur einmal aus Deutschland rausgewesen, nämlich in England. In englischer Kriegsgefangenschaft. »War aber ne gute Zeit.«

»Wie lang denn?«, fragte ich. »Drei Jahre«, antwortete er. »Das ist aber sehr lange, denn –«, und ehe ich den Satz beenden konnte, hatte Axel schon sein Arbeitshemd abgestreift, einen Arm hochgereckt und auf irgendetwas in seiner Achselhöhle hingewiesen. Ich fragte erstaunt und ahnungslos: »Was ist los?« »Die Nummer«, sagte er mit verbissenem Stolz, »die Nummer!« »Die Nummer?«, fragte ich. »SS«, sagte er, »hier, ist tätowiert.«

Ich weiß nicht, ob ich tatsächlich irgendetwas gesehen oder erkannt habe, aber es war auch nicht mehr wichtig. Nicht mehr wichtig, weil seinerseits grimmige Freude in dieser abrupten Selbstentblößung lag, Provokation, auch Erschreckenwollen, mal zeigen, WO DER HAMMER HÄNGT, WIE DAS LEBEN WIRKLICH IST, WAS ICH ALLES DURCHGEMACHT HAB. Und nicht mehr wichtig, weil dann alles kam, was kommen musste:

»Wir haben nix Schlimmes gemacht. Wir mussten da ja rein, ab ein Meter achtzich wurdest du gar nicht gefragt. Wir wussten auch von all dem nix, die Juden und so. Das wusste doch keiner. Hast den Führerschein machen können. Waren ja auch alle dabei. War auch interessant. Da war Kameradschaft. Wir waren Soldaten, praktisch. Da musstest du dich benehmen, hier, Kameradenschweine und so, das gab's nicht. Ach komm, jetzt hör doch auf mit den Juden. Hitler, der hat uns verraten und verkauft. Die da oben. Weicheier. Selbstmord und so. Wir haben den Arsch hingehalten –«

Der ganze ewige immergleiche gefährliche Stumpfsinn! Genug –

Diese Achselhöhle war eine Axelhölle.

Und ich begriff, dass die Achselhöhle eine sehr deutsche Körpergegend ist.

Die Nummer, die Zahl – sie musste natürlich tätowiert werden, für immer festgehalten, mit deutscher Gründlichkeit, alle mussten deutsche Nummern werden, die KZ-Häftlinge wie die SS-Leute, eine gespenstische Übereinstimmung.

Nummern.

Nummern.

Zahlen auf Menschenhaut.

Die Achselhöhle ist eine sehr deutsche Körpergegend, und als ich in Marthas und Ernsts Wohnung vor einer weiteren entblößten deutschen Achselhöhle stand, meinte ich zu wissen, was mich noch erwartete; und was das für mich bedeuten würde, nämlich, dass dieser Nachbarschaftskontakt meinerseits beendet sein würde, zumindest sehr abgekühlt. Und es bedeutete ebenfalls, dass ich die Dinge mal wieder idealisiert hatte, unseren ersten Abend bei Ihdes geradezu romantisch verklärt. Das wilde, schwere Leben auf Sankt Pauli, das harte Altwerden, und dann kommt doch nur dieser Dünnschiss aus der Kanalisation hoch. Nein, falsches Bild, eher: Schlamm. Der ganze zähe braune Klärschlamm aus der großen deutschen Kläranlage. Das ist ja keine Scheiße mehr, DAS IST JA JETZT GEKLÄRT, *the horror, the horror, the horror.*

All das ging mir in Sekundenschnelle durch den Kopf, und, innerlich bereits besiegt, fragte ich dann diesmal auch nicht mehr so naiv wie damals auf dem Land:

»SS?«

Ernst guckte mich fassungslos an, dann verzog er abfällig seinen Mund, als sei das eine völlig abwegige Vermutung.

»Quatsch. Was soll das denn?«

Ich war verwirrt. Das nächste, was mir einfiel:

»KZ?«

Er machte ein noch erstaunteres Gesicht.

»Neenee«, sagte er, leicht verärgert, als verstünde er nicht, dass ich nicht von selbst drauf käme.

Nun war ich völlig ratlos und schwieg.

»Fremdenlegion, mein Lieber, Fremdenlegion!«

Er zog sein Hemd wieder herunter, und während in mir langsam die Spannung und der Schrecken nachließen, holte er vorsichtig einen Schnellhefter aus der Schublade, entnahm ihm zwei, drei eng bedruckte Zettel, legte sie vor sich auf den Tisch, winkte mich heran und erklärte mir, worum es ging. Er bekam immer noch eine kleine zusätzliche Rente aus Frankreich, sollte aber irgendwelche speziellen Fragen dazu beantworten und wollte sicherstellen, dass das Geld auch nach seinem Tod weitergezahlt werden würde. »Ich mach's ja wohl nicht mehr lange, und Martha soll dann auch noch was davon haben.«

Ich war so erleichtert, dass seine grimmige Exhibition nicht meine ärgsten Befürchtungen bestätigt hatte, dass das explosionsartige JA!ICHWARDABEI!ICHSTEHDAZU! vorerst nicht ins deutsche Kanalrohr geführt hatte, kein mit deutscher Brutalität und deutscher Sentimentalität vermengtes Coming Out nach vierzig Jahren gewesen war, keines dieser deutschen Bekenntnisse, die sofortiges, umgehendes Verständnis für sich beanspruchen, wenn nicht gar selbstverständlich vorausgesetzte Vergebung, ich war so froh darüber, dass ich mich Ernst gegenüber fast entschuldigen wollte für meine Vermutungen. Verwirrt guckte ich auf die Papiere, konnte aber mit meinen Schulfranzösischresten nicht viel ausrichten, denn die Schriftstücke waren in einer bürokratischen Fachsprache verfasst. Ich stotterte herum, erwähnte auch, dass ich eigentlich gleich zur Arbeit müsste und nicht viel Zeit hätte, bis Ernst sagte: »Lass man, min Jung. Lass gut sein. Geh man.« Damit sammelte er die Zettel wieder ein, legte sie übereinander, lächelte mich noch einmal an und entließ mich sozusagen. Das wollte ich wiederum so nicht auf sich beruhen lassen. Ich überlegte, wen ich ihm als Hilfe vermitteln konnte, aber Martha, die inzwischen aus der Küche gekommen war, zog mich vorsichtig am Arm vom Tisch weg in den Flur und schob mich in Richtung Wohnungstür.

»Na, hatter sich wieder aufgeregt? Das is nich gut für ihn. Is jedes Jahr dasselbe. Die paar Kröten. Aber das lässt ihn nicht los. Lass ihn man jetzt, das beruhigt sich. Geh man arbeiten.«

»Tut mir leid, dass ich da keine Hilfe bin«, sagte ich.

»Ach was, vergiss das. Und nix für ungut. Kommst mal wieder auf'n Kaffee«, winkte sie ab, und im Schließen der Tür schickte sie noch hinterher: »Und grüß deine Zimmerlinde!« Und lachte ihr Lachen.

Immer noch leicht benommen ging ich die Treppe hinunter zu meinem Frühstück, für das es jetzt zu spät war. Und erst auf dem Fahrrad, auf dem Weg zum Theater, fielen mir die Fragen ein, die ich hätte fragen sollen:

Legion – wann? wo? wie lange? Und vor allem: warum? Zwischen 33 und 45? Nach 45? Warum hatte er am ersten Abend diesen Lebensabschnitt nicht erwähnt? Was denkt er heute darüber? Warum diese Wut? Ich wusste nicht viel über die Fremdenlegion, ich kannte nur die gängigen Klischees von den Menschen, die nicht nach ihrer Herkunft und Vergangenheit gefragt werden wollen oder die keine mehr haben wollen und dadurch zu Kampfmaschinen geworden waren, aus Filmen mit depressiver Romantik. Ich hatte gehört von brutalen Einsätzen im algerischen Unabhängigkeitskrieg, in anderen ehemaligen französischen Kolonien. Warum war Ernst da eingetreten, wo war er überall gewesen, wie war er wieder herausgekommen? Aus dieser diesmal nicht deutschen, sondern französischen Achsel-Hölle?

Ich nahm mir vor, irgendwann noch einmal das Gespräch darauf zu bringen. Offensichtlich war es für ihn ein sehr unangenehmes Thema. »Vielleicht«, dachte ich, »in einer entspannteren Situation, wahrscheinlich mit mehr Alkohol, vielleicht, wenn man schon länger nachbarschaftlich zusammengelebt hat, vielleicht, wenn man sich besser kennt.«

Es ist nicht mehr dazu gekommen. Zeit dafür wäre wohl gewesen in den drei Monaten bis zu seinem Tod, aber andere Dinge wurden in meinem Leben wichtiger. Und so blieb dieser der letzte Tag, an dem ich Ernst gesehen habe.

2 Wer

Nur gehört habe ich ihn in den folgenden drei Monaten noch manchmal. Im Treppenhaus, keuchend, fluchend und erschöpft. Und jedes Mal erinnerte ich mich an seinen Satz: »Ich mach's ja wohl nicht mehr lange.« Er brauchte immer mehr Zeit, um die fünf Treppen hochzukommen, er musste viele Verschnaufpausen machen, in denen er sich auf eine Treppenstufe setzen und Schleim ausspucken musste.

Eines dieser Hörerlebnisse ist mir sehr deutlich in Erinnerung. Es war nachts. Ich war früh schlafen gegangen, unglücklich wegen einer nicht erwiderten Liebe und wegen meiner damaligen Arbeit am Theater, die nahezu nichts mit dem zu tun hatte, was ich mir von meiner Tätigkeit als Schauspieler erwartet hatte. Mein Schlaf war unruhig und oberflächlich, und ich wachte auf, als ich Ernst im Treppenflur hörte. Er hielt ungefähr folgenden Monolog, betrunken, verärgert, verzweifelt und mit erhobener, manchmal sich überschlagender Stimme, unterbrochen von Marthas Einwürfen:

ERNST Mannomann, du!
Wer bin ich denn hier?

Hä?
Wer bin ich denn?

Pause

Gibt's doch nicht!
Mensch!
Wer bin ich denn hier?
Wer bin ich denn hier?

MARTHA Is gut jetzt, rech dich ab.

ERNST Der Kasper?
Oder was?
Bin ich hier der Kasper?
Mensch, do!
Oder was?

Pause

MARTHA Ernst, jetzt ...

ERNST Oder was?
Wer bin ich denn?
Hier!
Wer bin ich denn hier?
Wer bin ich denn hier?
Überhaupt?
Bin ich hier'n Clown, oder was?
Hä?
'n Clown?
Wer bin ich denn?
Hä?

Hä?
Mannometer, du!
Wer *bin* ich denn hier?
'n Kasper, oder wie?
MARTHA Bist du nich, hör auf zu schreien.
ERNST Wer bin ich denn hier?
Wer bin ich denn hier?
Wer bin ich denn überhaupt hier?
Überhaupt?
Der Clown, oder was?
Überhaupt!
Hä?
Clown, oder was?
'n Kasper?
Manndo!
Wer bin ich denn hier?

Pause

Mensch, do!
Oder was? 'n Clown, oder was?
Oder'n Idiot, oder was?
Oder wie?
Hä?
Wer *bin* ich denn hier?
Wer bin ich denn hier?
Überhaupt?
Lass mich!
MARTHA Rech dich a-hab. Lass gut sein jetz!

Pause

ERNST Mannomannomannomann!
Mensch Mensch Mensch, do!
Bin ich denn hier?
Bin ich denn hier?
Bin ich denn?
Lass mich jetzt!
Idiot, oder was?
Hä?
Wer bin ich denn?

Pause

Wer bin ich denn hier?

Pause

Wer bin ich denn hier?
Gibt's doch nicht!
Gibt's doch gar nicht!
Wer bin ich denn hier?

Pause, Schlüsselklappern

MARTHA Komm rein jetzt.
ERNST Clown, oder was?
Bin ich denn?
Der Kasper, hä?
Menschdo!

Überhaupt!
Mannometer!
Wer bin ich denn hier?
Wer bin ich denn hier?
Wer bin ich denn hier?

Pause

Wer bin ich denn hier?

Pause

Wer bin ich denn hier?
Hä?

Pause

'n Kasper.
Oder was?
Mensch!
Menschdo!
Wer bin ich denn hier?
Überhaupt, hä?
Wer bin ich denn hier?
Wer bin ich denn hier?

Pause

Wer bin ich denn hier?
Hä?

Wer bin ich denn hier?
Wer bin ich denn hier?
Wer bin ich denn hier?
Wer *bin* ich denn hier?
Wer *bin* ich denn hier?
Wer *bin* ich denn hier?
Wer *bin* ich denn hier?
Menschdo!

Tür zu

Ich glaube, eindringlicher und verzweifelter habe ich die Frage nach Identität nie gehört. Seine Sätze richteten sich nicht nur an Martha, die ihn zu beschwichtigen versuchte, dann aufgab und den Lärm bis zur Wohnungstür ertrug, seine Fragen richteten sich an sein gesamtes Leben. Sein Aufbegehren mag von einem alltäglichen oder allnächtlichen Streit hervorgerufen worden sein, aus einer Situation, der er aufgrund seines zunehmenden körperlichen Verfalls nicht mehr Herr zu werden vermochte, aber es wurde durch die vielen Wiederholungen, durch den Hall des gekachelten Treppenaufgangs und vor allem dadurch, dass natürlich nie eine Antwort kam – von wem auch? –, dass er auch gar keine Antwort mehr zu erwarten schien, zu einer ganz grundsätzlichen Empörung. Hiob auf Sankt Pauli. Es wurde eine Empörung gegen die Ohnmacht, gegen das Nachlassen der Kraft, das Sterbenmüssen, gegen die Lächerlichkeit der eigenen Existenz und ein verzweifelter Versuch, ernst genommen zu werden. Ernst genommen. Ernst. Nicht Clown. Nicht Kasper. Ernst eben. *Ernst.*

Und ich, in meinem Bett und mittlerweile hellwach, dachte: »Genau!« – »Das ist die Frage«, dachte ich, »das ist die Frage und wird sie immer bleiben: Wer bin ich denn hier? Hier, überhaupt, ganz allgemein, auf dieser Welt, in diesem Leben? Und ganz speziell – wer bin ich denn – hier? Hier, hier unter diesen augenblicklichen Umständen? Genau! Das ist die Frage.«

Meine damaligen Umstände waren, was den Beruf anging, vollkommen mutlose und demütigend gedankenfreie Proben für eine abgehalfterte Komödie, die dann zu meinem Schrecken auch noch ein Publikumserfolg wurde. Alles lief auf das schnell zusammengezimmerte Bedienen vorgeblich feststehender Zuschauererwartungen hinaus. *Die Leute wollen das so. Das kommt an. Das wird laufen.* Ja, mochte sein, aber ich wollte es so nicht, bei mir kam gar nichts an, geschweige denn, dass etwas abging. Üble Wurstelei im Mittelmäßigen. *Du sollst nicht denken, du sollst spielen.* »Genau! Bin ich hier der Kasper, oder wie? 'n Clown? Oder was? Genau!« Womit natürlich nichts gegen Kasper und Clown gesagt sein soll, sondern gegen die Einschränkung ihrer Funktion auf harmlose Idioten und vergnügliche Publikumsbespaßer. *Leicht* sollte es sein, dieses Stück, ein Stück leichtes Theater, von einer unbeschwerten Leichtigkeit, die einfach nur Denkfaulheit war. In weiterer Folge führte das zu meiner Kündigung an diesem Theater und zur Entwicklung eigener Projekte, in denen die Frage »Wer bin ich denn hier?« eingehender untersucht werden konnte. Mit mehr Spaß. Und mit mehr *Ernst.* »Genau!«

3 Nichts

Es wurde Winter, nasskalt und dunkel.

»Du, Michi – weisch was?« So begannen die meisten Mitteilungen von Iris an mich. Iris war eine Kollegin, die kurzfristig ein Zimmer in Hamburg gesucht hatte und für die erste Zeit bei Agnes, meiner neuen Mitbewohnerin, und mir untergekommen war. Sie mietete bald darauf die Wohnung neben der unseren, aus der die Lille-Norge-Tresen-Aushilfe mit ihren zwei Kindern, gedrängt vom Jugendamt, ausziehen musste. Iris wurde eine langjährige Nachbarin, die, aus Heilbronn stammend, über all diese Zeit ihren schwäbischen Akzent in jedem privaten Gespräch unbeeindruckt beibehielt. Erst nach zehn Jahren hatte sie Sankt Pauli und die Davidstraße satt, den Dreck, die Hundescheiße, die Unruhe und die Aufregung, und noch zehn Jahre später, in der letzten Zeit vor ihrem verzweifelten Selbstmord, war sie besessen von dem Gedanken, sie hätte damals nicht aus jener Wohnung ausziehen dürfen, seit diesem Zeitpunkt sei ihr Leben in eine falsche Richtung gelaufen. In endlosen Telefonaten mit mir und anderen Freunden beschwor sie immer und immer wieder die persönlichen Bindungen, die Nähe, die Solidarität und das Gefühl von Aufgehobensein, das für sie zurückblickend ausschließlich diesem einen Lebensabschnitt zugehörte, und betrauerte den Verlust all dessen. Es war in meinen Augen eine sehr verklärte Bilanz voller Idealisierungen und dramatischer Überhöhungen unseres damaligen Alltags. Es war ein sich stetig wiederholender und steigernder Trauer- und Klagegesang, sehr irrational und von keiner Einrede erreichbar, denn all das war ja schon Vergangenheit, all das war ja schon weg, war schon gewesen. Aber etwas an ihrer rückwärtsgewandten Sehnsucht habe ich auf meine Weise verstanden. Für mich bedeutet es, dass in solchen Lebenszusammenhängen, in solchen Vierteln wie Sankt Pauli einige Menschen eine Überlebenschance haben, die woanders keine mehr haben. Aber vielleicht ist selbst das eine Romantisierung – ich neige dazu. Und dennoch glaube ich, dass sich damals noch keiner von uns als Verlierer empfand oder von den anderen so angesehen wurde. Sicher hatte das mit unserem Lebensalter zu tun, mit der Aufbruchstimmung jener Zeit, aber Sankt Pauli war eben auch ein Acker für soziale Utopien – siehe Hafenstraße.

»Du, Michi – weisch was?« – so begann das oft, und dann folgte ein stechender, spannungsgeladener Blick aus ihren dunkelbraunen Augen und ein geheimnisvolles Schweigen mit aufeinandergepressten Lippen. Schließlich kam die mit intensivem Nachdruck mitgeteilte Neuigkeit, die den Eindruck größter Wichtigkeit machte und absolute Aufmerksamkeit des Zuhörers beanspruchte. Anfangs verwirrte mich bisweilen, dass es sich dabei oft gar nicht um wirklich wichtige Nachrichten handelte: »Du, Michi – weisch was?« – Pause, Blick – »Der Müll muss runter!« Solche Neuigkeiten waren durchaus auch darunter, oder: »Du, Michi – weisch was?« – Pause, Blick –

»Mei Fahrrad isch schon wieder platt!«

Später war ich an diese Art Gesprächsanfänge gewöhnt, ich mochte sie sogar sehr, und immer mehr konnte ich mir Iris' sehr andere Art, Gedanken zu denken und zu formulieren, verdolmetschen und ihre Art des Erzählens genießen.

An einem dieser feuchten Novembertage kam sie dann mit der Nachricht: »Du, Michi. Weisch was?« – lange Pause, sehr stechender Blick – »Der Ernscht isch tot.«

Sie hatte es von unserer Rübe-ab-Nachbarin erfahren. An mir war vieles im Haus vorbeigegangen in der letzten Zeit, ich hatte wohl von irgendwem gehört, dass Ernst im Krankenhaus lag, dass es ihm nicht gut ging, war aber Martha nicht begegnet, um sie nach Einzelheiten zu fragen. Ich kann nicht sagen, dass ich Trauer empfand. Eher Beschämung, oder noch eher Ratlosigkeit. Wie ein kurzer Blick in den ganz tiefen Kanalschacht.

Ach ja, ja.

Man stirbt dann ja auch.

Ja, klar!

Hm.

—

Gedankenstillstand.

»Du, Michi. Die Beerdigung isch am Freitag um vier in Ohlsdorf, weisch?«

»Uhum.«

»Weisch was? Mir könnte doch hingehe. Weisch?«

Zwischen einer Vormittags- und einer Abendprobe gingen wir hin, das heißt, wir fuhren mit der U-Bahn bis Ohlsdorf und erkundigten uns am Eingang des riesigen Friedhofsgeländes, wo die Beisetzung eines Mannes namens Ernst Ihde stattfinden sollte und wie wir dorthin gelangten. Wir waren weder persönlich benachrichtigt noch geladen, aber wir waren neugierig und wir wollten zeigen, dass sein Tod uns nicht unwichtiger war als der eines Verwandten oder Freundes, dass wir auch als Nachbarn daran Anteil nahmen – ach, es war eigentlich gar keine Frage. Jedenfalls war eine besondere Mischung aus Neugier und Trauer, aus guter Laune und Spannung in uns, als wir durch leichten Regen die langen Friedhofswege bis zu einer kleinen unscheinbaren Kapelle spazierten.

Wie wir schon am Eingang erfahren hatten, war es eine nicht-konfessionelle Beerdigung. Das Innere des Gebäudes, in dem die Zeremonie stattfand, war so schmucklos wie sein Äußeres. Ein Halbrund weißgetünchten Betons an der Stirnseite, rechts und links davor sechs oder sieben durch einen Mittelgang getrennte Bankreihen. Zentral auf erhöhtem Grund ein altarähnlicher steinerner Tisch, darauf eine Urne, karge Blumendekoration und zwei brennende Kerzen, links daneben ein Rednerpult mit Mikrophon. Davor lagen einige wenige Kränze mit Schleifen. Kein Kreuz, keine christlichen Symbole, kein Schmuck sonst. Orgelmusik war zu hören, aber es war keine Orgel auszumachen. Dann bemerkte ich, dass es sich um eine Bandeinspielung handelte, die aus vier im Raum verteilten kleinen schwarzen Lautsprechern tönte.

Wir waren offensichtlich die Letzen, aber die Zeremonie hatte noch nicht begonnen, und so setzten wir uns leise in die hinterste linke Bank. In den Reihen vor uns sieben Rücken, vorne rechts in der Mitte der ersten Bank Martha, sehr schmal und zusammengesunken in einem schwarzen Pelzmantel. Sie war mit ihrer Frisur auch von hinten deutlich zu erkennen. An ihrer Seite ein jüngerer Mann. Die übrigen fünf Rücken verteilten sich auf die anderen vorderen Sitzreihen. Die vereinzelten

Halbkörper in den dunklen Geraden der Banklehnen verloren sich wie sieben verstreute Viertelnoten auf einem halben Blatt Notenpapier. In einem von ihnen erkannte ich den Schlachter aus der Taubenstraße. Er als Einziger hatte sich bei unserem Eintritt kurz umgedreht. Die anderen lernte ich später auf der Leichenfeier kennen. Aber außer Martha und uns war sonst niemand aus der Davidstraße Nummer fünf erschienen.

Wie das Trauerritual jenes Nachmittags im Einzelnen ablief, weiß ich nicht mehr. Ich weiß aber, dass die Nüchternheit der Zeremonie zur Kargheit des Raumes zu passen schien und dass all dies eine Empfindung von ungeheurer Trostlosigkeit in mir hervorrief. »Ja, das ist wirklich ein Ende«, dachte ich. »Das ist wirklich ein Tod.« Dabei war es mir gar nicht unangenehm, dort zu sitzen, im Gegenteil, es war ein wahrer Nullpunkt, ein wahres Nichts-Gefühl.

Nichts.

Gar nichts.

Eben *Nichts*.

Hier musste nicht mehr auf Godot gewartet werden, hier war er anwesend, oder besser: Er hatte den Raum schon wieder verlassen, um nie mehr wiederzukehren.

Bis dahin hatte ich mich auf Beerdigungen meistens um genau diesen Punkt betrogen gefühlt, um die Möglichkeit, ins Nichts schauen und es betrauern zu dürfen. Immer erwartete ich zu Beginn dieser Veranstaltungen: »Gut, jetzt sind wir alle da, dort liegt ein Toter oder eine Tote, und nun können wir endlich mal alle eine Stunde lang schweigen und hemmungslos darüber traurig sein, dass der oder die gestorben ist; und darüber, dass das Leben eben endlich ist; und wir können nachdenken über den oder die und über uns, oder auch nicht, und dann können wir etwas essen gehen. Wie gut! – eine Stunde *gar nichts.*« Und immer wieder aufs Neue wurde ich davon überrascht, dass dann Pastoren auf den Plan traten, die uns Anwesenden versicherten, wir bräuchten gar nicht traurig sein, denn der oder die sei in eine andere Welt entschlafen oder habe seinen oder ihren Frieden gefunden oder sei nun seliger oder wasweißich. Von derlei Trost fühlte ich mich ein ums andere Mal drangsaliert, als wolle man mir den Blick ins schwarze Loch verstellen, als wolle man mich schon wieder schonen, so ganz prophylaktisch – Schonungsalarm! Nein! Nein! Das ist doch traurig, so ein Tod! Das darf doch nicht sein! Das ist doch Scheiße! Das ist einfach nicht gut! Das ist doch verkehrt! Das ist doch trost-los!

Im Fall von Ernsts Beerdigung allerdings gab es nicht mehr viel, was von dieser trostlosen Trostlosigkeit ablenken konnte. Das war vielleicht nicht beabsichtigt, aber ich war doch sehr dankbar dafür. Und was an diesem Novembernachmittag in Hamburg-Ohlsdorf dann doch noch zur Tröstung unternommen wurde, hatte auf Iris und mich eine vollkommen gegenteilige Wirkung. Hier trat nun kein Pastor vor einen Altar oder auf eine Kanzel, sondern es trat ein gemieteter Redner an ein Pult, allerdings ebenso gefassten und gemessenen Schrittes und mit ebenso grämlich-ernster und salbungsvoller Miene. Vielleicht war dieser Mann einfach nicht so virtuos in Stimm- und Gedankenführung wie die Beerdigungsroutiniers, die ich bis dahin erlebt hatte, vielleicht hatte er durch die Einschränkung der rituellen Atmosphäre aufs Notwendigste auch gar keine Chance, jedenfalls stand das, was er nun sagte und wie er es sagte, in so krassem Gegensatz zu Ernsts Leben, wie wir es ausschnittweise miterlebt hatten, wohl auch zu unserem und dem aller übrigen dort Anwesenden und zur Nüchternheit und Tristesse des Raumes, dass Iris und ich wieder mal nur mit zunehmender Mühe ein aufkommendes Prusten und Kichern unterdrücken konnten, was uns beiden sehr peinlich war, weil dem eigentlichen Anlass ja völlig unangemessen.

»Ernst Ihde ist nicht mehr«, begann der Mietredner und wies mit einer ausholenden Geste auf die Urne. Dann blickte er nach unten, holte Luft, hob erneut den Kopf und ließ seinen Blick über die Trauerversammlung der neun vereinzelten Gestalten schweifen. »Ein langes, ertragreiches Leben hat sich nun erfüllt. Viel hat er erlebt, viel hat er erfahren, viel hat er anderen gegeben.« Er zog das kleine Mikrophon näher zu sich, das bedenklich knackte, und plötzlich war seine Stimme doppelt so laut. »Es war ihm vergönnt –« Er schob das Mikrophon wieder etwas zur Seite, seine Stimme wurde wieder leiser: »Es war ihm vergönnt, seinen Lebensweg in harmonischer Zweisamkeit mit seiner lieben, ihm allezeit zur Seite stehenden Frau Martha zu durchschreiten, und auch in den letzten schweren Wochen und Monaten, die er geduldig auf sich nahm, konnte er zufrieden auf seine wohlgeordnete Familie blicken und dort seinen Trost finden.« – Knacken im Mikrophon – »Wer Ernst Ihde kannte, weiß, wie sehr er den Menschen zugetan war und wie er die Schönheit des Lebens zu genießen vermochte und wie er das mit einer häuslichen Ruhe und mit einer zuweilen nachdenklichen Stille zu verbinden verstand. Und welch großes Herz hatte Ernst Ihde für die Tiere, die so zahlreich bei ihm und seiner lieben Frau willkommen waren. Und wie sehr erst liebte er die Blumen …«

Hier spätestens riss es Iris und mich. Ich versuchte, mich auf eine Ecke der vorderen Sitzbank zu konzentrieren, aber Iris presste zitternd meine Hand, vergrub das Gesicht in ihrer

Handtasche und schnaubte verzweifelt durch die Nase. Etwas anderes als stummes Zuhören musste hier ja sofort auffallen und furchtbar stören, und Iris machte auch bald Anstalten hinauszukriechen. Ich hielt sie zurück, und wir standen den Rest dann irgendwie durch. Es war natürlich wieder mal beschämend für uns – das Eingeständnis, dass wir uns nicht »benehmen« konnten, nicht beherrschen, sondern uns wie alberne Viertklässler aufführten, die den Ernst der Situation nicht verstanden oder nicht vertrugen. Wir hätten's wirklich gerne gewollt, aber es ging einfach nicht, es war zu absurd, was da noch alles kam.

Dabei war es ja nicht mal falsch, was der Mann da vorne sagte, der zu allem Überfluss auch noch mit dem Mikrophon zu kämpfen hatte. Zudem konnte ich mir vorstellen, wie Martha diesem Redner zur Vorbereitung seiner Ansprache kurz, wortkarg und unwillig einige Dinge und Daten aus Ernsts Leben mitgeteilt hatte und wie der arme Mann sich vor die schwere Aufgabe gestellt gesehen hatte, daraus etwas Tröstendes oder Rundes oder Aufmunterndes zu zimmern. Es war ja nicht falsch, was er sagte, es war gar nicht mal verlogen, es war sicher auch in Marthas Sinne – natürlich nichts von Alkoholismus, nichts von Untreue und Streit, nichts von ihren Kindern, die sich fast nie meldeten, weil das Verhältnis sehr abgekühlt war, nichts von Fremdenlegion und Krieg, nichts von Frührente in dieser Ansprache – natürlich – schon klar – geschenkt! Aber die stattdessen bemühten Abziehbilder waren eben so deutlich hilflos und die Worthülsen so offensichtlich leer, dass wir uns des Eindrucks nicht erwehren konnten, der Redner wolle uns ganz besonders und mit Nachdruck darauf hinweisen, welchen hanebüchenen Unsinn er da gerade vom Stapel ließ.

Denn der Reichtum eines Lebens wie des hier zu Ende gegangenen bestand doch eben nicht aus Blumen, Tieren und heiler Familie. Sondern aus seinen unauflösbaren Widersprüchen, aus den ewigen Schwierigkeiten und deren Bewältigung oder Verdrängung, aus Aufbegehren und Scheitern, aus Husten und Lachen, und nicht aus stiller Einkehr.

4 Kapitän auf der Reise

Die anderen hörten schweigend zu. Nur einmal noch drehte sich der Schlachter nach uns um, aber ich meinte, in seinem Gesicht eher Verständnis als Tadel erkennen zu können. Als die Trauerrede beendet war, wurden alle gebeten aufzustehen, denn nun, so hieß es, würde die Urne gemeinsam zur letzten Ruhestätte geleitet. Und in der Bank stehend erlebten wir dann noch eine andere Wendung unserer Gefühle. Nach der Neugier, der Trostlosigkeit, der Absurdität, der Groteske und Albernheit war unversehens und umfassend die tiefe Traurigkeit da.

Beim Auszug der zehn Menschen aus dem kleinen Bestattungshäuschen in den Novemberregen tönte wieder Musik aus den Lautsprechern, und zwar die Melodie des Schlagers *Nimm mich mit, Kapitän, auf die Reise*. Es war dies eine Version ohne Text oder Gesang, die Melodielinie wurde von einem Cello gespielt und von einer Elektroorgel begleitet, eine denkbar einfache Instrumentierung in einer sehr dürftigen Aufnahme- oder Abspielqualität. Es klang dünn und fadenscheinig – ich habe nie wieder eine so lieblos abgefiedelte und in die Tasten gebratene Aufnahme dieses Liedes zu hören bekommen. Es klang, als hätten wirklich lustlose Musiker ohne jedes Interesse und in aller Eile eine Geldmucke runtergedudelt, um zu Wichtigerem überzugehen. Es war unglaublich kläglich. Aber die Melodie war zu erkennen, natürlich, das war garantiert.

Zu diesen Klängen gruppierten wir uns hinter den Redner, der die Urne vor sich trug, und Martha, die sich bei dem jüngeren Mann eingehakt hatte, der, wie wir vermuteten, ihr Sohn war. Sie stand im schwarzen Pelzmantel, tiefer gebeugt als gewöhnlich, und schluchzte hinter einer Sonnenbrille mit großen runden dunkelbraunen Gläsern. Alle hielten die Regenschirme bereit. Und als der kleine Zug sich in Bewegung setzte, bemerkte ich, wie Martha den Text des Liedes leise mitsang oder mitsprach, jedenfalls sah ich, wie ihre Lippen die Worte des Schlagers formten:

Nimm mich mit, Kapitän, auf die Reise!
Nimm mich mit, in die weite, weite Welt!
Wohin geht, Kapitän, denn deine Reise?
Bis zum Südpol, na, da langt unser Geld.
Nimm mich mit, Kapitän, in die Ferne!
Nimm mich mit, in die weite Welt hinaus!
Kehrst du heim, Kapitän, fahr ich gerne
In die Heimat, zu Muttern nach Haus.
Kehrst du heim, Kapitän, fahr ich gerne
Mit nach Hamburg, zurück nach Haus.

Dann fingen auch andere an, die Zeilen mitzusummen, mitzumurmeln und mitzuflüstern, und wir zehn Gestalten bewegten uns langsam mit der Urne zwischen den Bankreihen auf die Türöffnung zu, durch die das fahle Nachmittagslicht schimmerte. Ich habe selten wieder so tief in mich hineingeweint wie auf diesem kurzen Weg in den Regen, auf dem wir Ernst Ihde das letzte Geleit gaben. Es war die traurigste und wahrhaftigste Beerdigung, an der ich teilgenommen habe.

When the music's over, turn out the light.

Die Kläglichkeit der ganzen Zeremonie hatte natürlich auch einen ganz praktischen Hintergrund, wie ich später von Martha erfuhr, nämlich Geld. Es war die mit ihren Mitteln bestmögliche Ausstattung gewesen, unter anderem, weil die Rente der Legion doch abgelaufen war. Es gab besser und reicher instrumentierte Versionen des Liedes – zu teuer. Drei Lieder statt einem – zu teuer. Es gab gediegenere Redner – zu teuer. Größere Blumendekoration und mehr Raumschmuck – zu teuer. Die Seebestattung, die sich Ernst gewünscht hatte – zu teuer. Einen aufwendigeren Leichenschmaus als den in der Erichklause mit Würstchen und Schnaps anschließend – zu teuer.

Das Grüppchen in dunklen Wintermänteln ging unter Regenschirmen etwa zehn Minuten bis zu einem Grabstein, und die Urne wurde in eine Grube versenkt. Iris und ich hielten uns etwas abseits, und erst beim Händeschütteln nach der Reihe nahm Martha uns zum ersten mal an diesem Nachmittag wirklich wahr. Die Abschiedszeremonie war sehr kurz, gleich nachdem der Redner gegangen war, kam sie auf uns zu.

»Mann, dass ihr gekommen seid! Woher habt ihr denn gewusst – hier? Wir gehen jetzt alle was trinken. Und essen auch. Kommt ihr noch mit in die Erichklause? Peter macht Bockwürste. Und auf'n Schnaps.« »Weisch, Martha, mir müsset heute Abend noch arbeide«, sagte Iris. »Scheiß auf die Arbeit, kommt auf einen Schnaps. Is doch noch Zeit. Das wärmt. Wenn ihr schon hier in der Kälte alles mitgemacht habt. Hier, das ist mein Sohn, der nimmt euch mit, der is mit'm Auto, der hat noch Platz. Ich fahr mit Peter und deck schonmal ein. Bitte, ja?« Sie lächelte uns an, ihre Augen hinter der großen Brille waren nicht zu erkennen. Dann ließ sie uns und ihren Sohn stehen und ging zu Peter hinüber, dem Wirt der Erichklause. Wir machten uns mit Marthas Sohn bekannt, und er lud uns ein, mit ihm in seinem Wagen zurück nach Sankt Pauli zu fahren. Aber Iris wollte nicht mitkommen, und so machten er und ich uns allein auf den Weg zum Parkplatz.

5 Krran

Marthas Sohn war ein stämmiger, großer Enddreißiger, mit Bauchansatz, Schnurrbart und festem Händedruck. Seinen Namen habe ich vergessen, aber er ist mir als *Der Krran* im Gedächtnis geblieben. Krrran mit einem rrrollenden frrränkischen RRR. Ich freute mich auf die etwa zwanzigminütige Autofahrt mit ihm allein in seinem sauber geputzten, regennassen, metallic-grünen Opel, weil ich hoffte, bei dieser Gelegenheit mehr über seine Kindheit in der Davidstraße und mehr über Ernsts und Marthas Leben zu erfahren. Wir fuhren los.

»Scheiß Wedder heud.«

»Ja.«

»Bin i jetzt den ganzen Weech hier hochgfann.«

»Wo kommen Sie her?«

»Nembech.«

»Bitte?«

»Nürnberg.«

»Ah.«

»I will nix mehr im Nodden. Da is besser. Is auch wämmer, ssonnicher. Viel mehr Ssonne da übers Jahr.«

Er sprach Fränkisch, kein Rest Hamburger Tonfall war geblieben.

»Nu isser tot. War auch nix mehr.«

»Ich weiß es gar nicht – er lag ja nicht lange im Krankenhaus.«

»Da war nix mehr. Die Madda hat mich angrrufen und gssacht: Der Vadder is gschtorrben. Nachat bin i zu meim Chef und hab zwei Tache rrausghaun für den Fall da. Grrad jetzt, wo ssie mich brrauchen. Und des zahlt mir keiner. Geht vom Urlaub ab. Indrressiert die Madda net. Meinen Ssie, die gibt was? Indrressiert die gar net. Mei Schwester is erscht gar net kommen. Die is schlau. I kann des net. Naja, jeder is sich selbsd der nächsde.«

Stille.

Mir fiel nichts Besseres ein als: »Ihre Mutter hält sich aber ganz gut.«

»Wissen Ssie was? Die immer. Die Madda ssauft sich ein', und dann geht's weida. Ewiche Ssauferei do. Sselber schuld. Ich mein, ich trrink auch genn mal ein' mit den Kollechen. Aber sso. Nee. Ssaufen doch alle da. Das ganze Viddel. Tach und Nacht. Assozial. Is doch vertiert. Die Häusser, die Leude – alles rrott. Und nachat liegen ssie auf der Nasse, und mir müssens zahln. Von unsserre Steuern. Ssozialhilfe und des alles. Wissen Ssie, was ein Tach Krrankenhaus den Steuerzahler kosdet? Eben! Und der Drreck da. Überrall Drreck. Haussen da in ihrrene Löcher. Nee, nix für mich.«

Stille, dann:

»Wie kennen Ssie die Madda?«

»Wir sind Nachbarn, ich wohne ein Stockwerk tiefer.«

»Ah. Naja.«

Stille.

»Gibt ssicher auch andrre da. – Und was abbeiden Ssie?«

»Ich bin Schauspieler.«

»Fennssehn?«

»Auch.«

»Was krriegt man denn da sso? Prro Film?«

»Sehr unterschiedlich. Aber ich spiele lieber Theater.«

»Fennssehn kann man ganz gut verdienen, oder? Wenn man keine Kinder hat.«

»Haben Sie welche?«

»Nee, keine Kinder, des rrechnet sich net. Ich brrauch mein Geld für mich. Hab einen ssehr guden Dschopp. Tiefbau – also in ssehr guden Monaden kommen da zweifünf bis drreitaussend zssammen. Geht die Steuer ab – drreißich, fünfunddrreißig Prrozent, Schlechtweddergeld kommt wieder obendrrauf. Ich hab ne kleine Wohnung, die kost mich nix, also drreihundert Mack, das geht anoch ab. Dann's Audo, Verssicherrung, alles, jetzt kommt nochamal – alsso mit zweitaussend geh ich da rraus, übers Jahr gssehn, muss man sich überlechen, ein guder Urlaub, dann noch zwei Schichten dazu, Überstunden dürrfen wir ja nicht – naja, macht man schon manchmal, wenn der Chef Not hat. Alsso ssachen wir mal, gehen jetzt noch zehn Prrozent ab, liech ich immer noch bei einssacht minimal, alsso minimal. Und Krranführer ssind gssucht. Ich hab nachm Barras gssehn: Krranführer ssind gssucht. Da iss mehr – weil sso'n Krran, das iss scho zwanzich Prrozent mehr Verdiensd. Hab ich ersd sso geabbeidet, dann bin ich zum Chef hoch. Ging auch, die Fimma hat's bezahlt, aber natürlich keine Extrraschichten mehr, alsso damals hadde ich vielleicht vierrzich Prrozent wenicher, nee, mehr, alsso da war zwölfhundert, naja, kein Audo, also drreizehnhundert, dann hab ich beim Frreund gwohnt – keine Miede, alsso doch schon wieder fuffzehnhundert Mack. Und der Chef sacht, wenn wir den neuen Krran krriechen, da muss ich zwei Kollechen einabbeiden, alsso das gibt noch dazu – na, zweihundert drreihundert auf vier Monade, minimal jetzet, minimal. Jetzt mal über's Jahr grrechnet komm ich schon auf achtzehn-, neunzehnhundert, Weihnachtsgeld nicht grrechnet. Die zwei Tache hauen natürlich rrein jetzt. Das ssind mit Überstunden so zwanzich Stunden wenicher, und die Fattkosden auch ab. Aber ich fahr auch gleich wieder heim, heut nacht noch, kann ich morgen sso gechen zwei anfangen, verlier ich nur, na, ssechszehn ssiebzehn Stunden. Egal, ich komm immer noch auf achtzehnhundert garrandiert. Steuern schon wech, also ssicher nicht drrunder. Als Krranführer steht man ssich. Und ich fühl mich wohl da bei dere Fimma. Kann abbeiden, wann ich will, keine Frrau, keine Kinder, keine Belasdung. Nee – ich bin zufrrieden, als Krranführer. Mir geht's gutt.« – Soweit die Meldungen des Krranführrerhauptquardiers aus der Stadt der Bewechung.

Ich war froh, als wir endlich in die Erichstraße einbogen.

Wir stiegen aus und gingen in die Erichklause, einem zurückgesetzten, außen verklinkerten Flachbau. Im Schaufenster standen fünf violette verstaubte leere Sektflaschen vor einer halbhohen vergilbten Gardine. An der Eingangstür hing eine bläuliche Pappe mit dem von Hand geschriebenen Hinweis: *Heute Nachmittag geschlossene Gesellschaft!*

6 Schmaus

Innen roch es nach kaltem Zigarettenrauch und verbranntem Papier. Und es war feucht und kalt. Der rechteckige, niedrige Gastraum war an der dem Schaufenster gegenüberliegenden Längsseite mit einem langen dunkelbraunen Tresen ausgestattet, davor standen Barhocker. Hinter dem Tresen füllte der Wirt Peter eine Reihe nebeneinandergestellter kleiner Schnapsgläser aus einer Aquavitflasche mit aufgesetzter metallener Portionierungsvorrichtung. Sein schwarzes Jackett hatte er ausgezogen. Auf einem der Hocker davor saß ein anderer Beerdigungsgast und rauchte. Das große Fenster entlang und an der linken Stirnseite standen vielleicht fünf oder sechs kleine runde Holztische mit Messingumrandung und an jedem dieser Tische zwei oder drei Stühle verschiedenster Bauart. Auf den Tischen glänzte in der Mitte einer aufgefalteten weißlichen Papierserviette je ein großer Porzellanaschenbecher, und hier und da war eine Kerze dekoriert. Martha stand am Ende des Tresens und packte aus einer Einkaufstüte Plastikgeschirr, Plastikbesteck und eingeschweißte Würstchenpakete neben die Zapfanlage. An der linken Seite zwischen den Tischen machte sich der Schlachter aus der Taubenstraße am Kanonenofen zu schaffen. Er öffnete die quietschende Ofenklappe und kippte aus einem schwarzen Kohlenschütter rumpelnd Eierbriketts auf das Feuer, das sein Gesicht beleuchtete. Dann stocherte er mit einem Schürhaken nach und schloss die Klappe wieder, als der Ofen mächtig zu qualmen begann. Daraufhin rieb und wärmte er seine Hände in der aufsteigenden Wärme über dem blechernen Ofenrost. Weiter hinten in der Ecke kroch eine andere Gestalt mit einem Kabel in der Hand im Halbdunkel auf dem Boden herum und suchte die Steckdose für den Anschluss der Musicbox. Der Wirt rief dem Suchenden zu, die vorderen zwei funktionierten nicht, er solle die mit dem Dreierstecker am Kabel nehmen, mit dem Dreierstecker, mit dem Dreierstecker, aber da das mittlere Weibchen, nein, das mittlere Weibchen, DAS MITTLERE WEIBCHEN IM DREIERSTECKER, die anderen schmorten, das mittlere schmore nicht, nur das Weibchen in der Mitte SCHMORE NICHT. Als das alles bewerkstelligt war, leuchtete der Musikautomat auf, und der Mann erhob sich und studierte die Schlagerauswahl. Ich erkannte in ihm einen weiteren Teilnehmer der Ohlsdorfer Zeremonie. An der rechten Stirnwand hing neben einer dunklen, kupfergeklopften Hamburgensie ein Rotamint, der in regelmäßigen Zeitabständen dudelte, piepste und blinkte, um sich in Erinnerung zu bringen. Tarzan lief mit schleifender Leine umher und verkroch sich schließlich in der Nähe des wärmenden Ofens.

Sieben Menschen und ein Hund, nachmittags, im November, in der Erichklause, in Sankt Pauli, in Hamburg, dem angeblichen Tor zur Welt. Martha war die einzige Frau hier und ich der eindeutig Jüngste.

Der Krran und ich gingen auf den Tresen zu, und Martha nahm uns in Empfang: »Na, alles gut gefunden? Lasst mal die

Mäntel an, is noch saukalt hier. Aber gleich gibt's Schnaps. Der wärmt. Die Würstchen dauern noch.« Dann hustete sie. Peter sagte, sie solle sich lieber hinsetzen, und führte sie zu einem Tisch am Fenster. Sie ließ es sich gefallen und sank auf einen Stuhl mit rotem Plastikpolster. Statt ihrer übernahm nun Peter die Würstchenbereitung und das Eindecken der Tische. Er beauftragte den Krran, die Schnapsgläschen zu verteilen. Ich stand ziemlich dämlich und ohne Aufgabe in der Mitte der Gaststube, als wir alle die Gläser hoben. Peter räusperte sich und sagte leise und würdevoll: »AUF ERNST.« Alle erwiderten murmelnd den Trinkgruß, es klang wie: »FENST. FENST. FENST. NST.«

Dann wurde der Aquavit gekippt und scharf ausgeatmet: »Aaaaahhhh!«

In die nachfolgende Stille hinein fragte Martha ihren Sohn: »Wo ist denn eigentlich deine Schwester?« »Woher soll i das wissen? Is doch deine Tochter!«, war die grinsende Antwort. Der Krran ging zum Rotamint hinüber. Und während die anderen sich von Peter die Gläser nachfüllen ließen, raunzte Martha vom Tisch aus: »Is gar nicht gekommen, die blöde Kuh! Denkt sich, hier ist sowieso nix zu holen. Keinen Respekt vor ihrem Vater!« »Stiefvatter«, rief der Krran quer durch den Raum. Sie fauchte zurück: »Jedenfalls hat er sie großgezogen. Und dich übrigens auch.« Der Krran steckte Münzen in den Spielautomaten. »Dass i net lache, von wechen großgezochen! Ihr habt euch doch ein' Scheißdrreck um uns gekümmert. Schön euern Spaß ghabt und fettich. Und wir konnten verssauern, da am Arsch der Welt.« Martha wurde bissig: »Hör doch auf! Das war nur zu eurem Besten. War kein Zuckerschlecken für uns durchzukommen damals. Ihr habt's da unten ja wohl besser gehabt als wir.« Dann schickte sie noch hinterher: »Undankbare Brut!« Der Krran lachte: »Dankbar ssein anoch? Für was denn? Einmal Schokolade im Jahr – oder für was?« Er drückte die Starttaste des Rotamint. Die Zahlenwalzen begannen sich zu drehen, der Apparat leuchtete auf und begann zu dudeln. Martha starrte einige Augenblicke auf den Boden vor sich, bevor sie ihm abschließend zurief: »Soll bloß bleiben, wo sie ist, die Gurkenguste. Meine Pelze kriegt sie erst, wenn ich tot bin. Kannste ihr bestellen!« Dann sagte sie, leiser und in unbestimmte Richtung: »Der is auch so'n Spießer geworden.« Sie ließ ihren Blick durch den Raum wandern, bis er an mir hängenblieb, und rief mir zu: »Komm mal her zu mir und trink noch einen.«

Ich fühlte mich von den anderen eh schon heimlich beargwöhnt und war froh, aus der unangenehmen Raummitte heraus- und in eine Unterhaltung hineingezogen zu werden. Ich ging zu dem Tisch, an dem sie saß, und lehnte den nächsten Schnaps mit dem Hinweis auf meine ausstehende Abendprobe ab. »Ach, aber büschen bleib man. Und ein Lütter geht noch, das merken die gar nicht. Ich trink heute auch nicht viel, das kann ich gar nicht mehr. Muss auch bis Montag die Abrechnung machen – Die Schautänzer von der Freiheit haben doch für die Altentagesstätte gesammelt. Da bin ich Kassenwart. Hab ich mich breitschlagen lassen, damit ich was um die Ohren hab, jetzt, so allein. Nu setz dich erstmal und entspann dich.« Ich tat beides.

»War doch schön, oder? Auf'm Friedhof, war doch schön? Dass sie alle da waren. Ernst hat sich gefreut, ich weiß das. Und dass ihr noch gekommen seid – Iris und du! Das kann ich dir gar nicht sagen! Und wir kennen uns ja gar nicht mal. Das vergess ich euch nicht. Dass ihr da gekommen seid! Ich denk, ich guck nicht richtig. War doch schön, ne? Ich mein, der Redner war'n Affe. Aber is doch egal. Willst noch einen? Na gut. Hat ja nur Quatsch erzählt, der Idiot. Aber nützt ja nix – brauchst ja einen. Und'n anderen konnt ich nich bezahlen. Hat der eben diesen Stuss geredet, aber hat er doch schön gemacht, oder?«

»Ja, Martha, das war wirklich sehr schön alles. Sehr berührend.«

»Lass dich mal küssen, min Jung. Gott, bist du jung! Dass ihr zwei noch gekommen seid, du und Iris! Vergess ich euch nicht. Ich glaube, Ernst wär zufrieden gewesen damit – mit dem allen.«

»Ja, das glaube ich auch, Martha.«

»War ja nicht mehr viel los mit ihm in der letzten Zeit. Hat so viel geschimpft. Mit allem unzufrieden und konnte nichts mehr genießen. Ich konnte ihm auch nichts mehr recht machen. Is schon besser, dass es jetzt zu Ende ist. Is besser so. Das war ne Quälerei zum Schluss – ich kann das gar nicht sagen. Aber weißt du was? Ich wein' ja viel, das hilft. Heulen hilft, Jammern nicht. Is meine Erfahrung. Und das Leben muss ja weitergehn. Muss ja. Und vor zwei Monaten hat er hier noch gesessen mit mir.«

Sie versank in Erinnerungen. Ich fragte: »Warum war das eigentlich kein Pastor?« »Ach, ich bin schon lang nicht mehr bei dem Verein. Bin rausgeflogen. Schon damals, als gefallenes Mädchen. Bei der ersten Schwangerschaft mit sechzehn, achtunddreißig. Da bin ich gleich rausgeflogen. Und zu Hause dann auch gleich ... in Hamburg sagt man Tschü-hüß. Ernst war auch nich drin. Hat immer gesagt: Das kann ein Lieber Gott so alles nicht gewollt haben, das kann nich so gemeint sein. Wegen der Legion, was da wohl war, hat er immer nur gesagt: Da is kein Plan hinter. Ich kann da nicht mehr an glauben. Dass Gott sowas zulässt. Hat nicht gerne drüber gesprochen. Jedenfalls können die mich!« Sie lachte.

»Was ist denn ein gefallenes Mädchen?«

»Komm, wollen wir jetz nich drüber reden. Waren Dummheiten damals. Aber dass ihr zwei gekommen seid, Iris und du! Ich kann das gar nicht sagen.«

»Martha, die Bockwürste sind soweit!«, rief der Wirt über den Tresen.

Sie aß nicht viel von ihrem Plastikteller, das meiste verfütterte sie an Tarzan. Und dann erzählte sie lachend, wie sie vor drei Jahren, als sie gerade Tarzan aufgenommen hatten, mit Ernst und dem Hund hier die Erichstraße entlangspaziert sei, wie Ernst dann in die Erichklause abgebogen sei und beim Eintritt laut gesagt hätte: »Tarzan kommt gleich!« Wie dann alle ihre Papiere rausgefummelt hätten und einige sich sogar in die Küche verdrückt hätten, weil Tarzan auch der Spitzname eines besonders berüchtigten Bullen der Davidwache war, und wie Ernst dann noch nachgelegt hätte: »Aber anner Leine!« Wie alle dumm geguckt hätten, als er gefeixt und sich königlich amüsiert habe, und wie er schließlich Tarzan reingeholt hätte. »Mann, wir haben schon viel Spaß gehabt. Was haben wir manchmal gelacht. Nee, Spaß haben wir gehabt. Auch im Bett. Na, am Ende konnte er ja nicht mehr so. Hat ihm schwer zu schaffen gemacht.«

Sie hustete und weinte.

»Aber hilft ja nix, das Leben geht weiter. Muss man seinen Arsch bewegen. Nicht nur im Bett, jetz. Aber da auch.«

Sie hustete und lachte.

Der Rotamint rotierte und gab kurze, hektische elektronische Melodiebrocken von sich, die Musicbox wurde lauter gestellt, und nach Hans Albers, Abba und Elvis mit *Jailhouse Rock* war jetzt *Love Me Tender* an der Reihe. »So, und jetzt forder' mich mal zum Tanzen auf«, sagte Martha mit ihrer weichsten Stimme und blickte mich lächelnd mit halb herabgesenkten Augenlidern an. Ich zögerte. »Keine Angst, min Jung. Nur'n büschen den Arsch bewegen. Bei so'm Tempo komm ich noch mit.«

Also stand ich auf, hielt ihr zur Aufforderung meine Hand hin, und sie stöckelte neben mir zurück in die Mitte des Raumes.

Love me tender
Love me true
All my dreams fulfill '
cause my darling
I love you
And I always will

7 Arsch bewegen

Dieser Tanz war ein sehr besonderer Tanz unter vielen besonderen Tänzen meines Lebens. Ich tanzte gern, hatte aber in Gesellschaftstänzen weder Übung noch Ausbildung, denn Tanzschulen hatte ich in alter Pinneberger Zeit als einen weiteren Pfeiler der dort herrschenden kleinbürgerlichen Bewegungslosigkeit heftig abgelehnt. Im Gegensatz zu den von uns damals abfällig betrachteten »eingeübten Bewegungen« tanzten wir, was wir »frei« nannten, jeder, wie er konnte oder wollte. *Express yourself*, das war angesagt, bisweilen auf dem Boden kniend und nur die langen Haare hin- und herschwenkend, das war besonders angesagt. Na gut, es gab wohl auch die sogenannten Engtanznummern – *Sweet Child In Time, Angie* und einige andere –, es wurde auch hier und da einander aufgefordert, aber irgendwie verlor man sich dann auf der Tanzfläche während des Tanzens aus den Augen, und jeder tanzte doch wieder nur für sich, nein falsch, nicht für sich, denn heimlich schaute man sich dabei um, ob vom exzessiven Selbstausdruck auch genügend Notiz genommen wurde; ob man bei der oder bei dem, auf die oder auf den man ein Auge geworfen hatte, auch Eindruck hinterlassen hatte. Es war eine Art versteckter

Schautanz ohne Körperkontakt, und erst als ich ein paar Jahre später, während meiner Zivildienstzeit in einem Jugendzentrum in Flensburg, feststellte, dass die Jugendlichen dort alle unbedingt die von uns einst so säuerlich beäugten Standardtänze lernen wollten, Jive, Rumba, Cha-Cha-Cha, Walzer, Tango und so weiter, dass sie sie immer und immer wieder alleine oder zu zweit tagsüber in unserem Discoraum übten, dass sie dafür sogar die zwei dort aufgestellten Tischtennisplatten beiseiteräumten, erst als ich sah, dass es ihnen beim Tanzen nicht so sehr um Selbstausdruck, sondern ums Anfassen, ums Berühren und Berührtwerden, um Tuchfühlung und Körperkontakt ging, erst da dämmerte mir, dass diesen Gesellschaftstänzen ein ganz eigenes, mir bis dahin verschlossenes sehr großes Vergnügen innewohnt. Dass diese Art zu tanzen einfach viel mehr Spaß macht.

Hier, in der Erichklause ein paar Jahre später, wusste ich dann immerhin schon, wie ich die Arme halten musste, und verließ mich auf instinktive Führungsqualität und improvisative Schritttechnik. Auf der Schauspielschule war zwar nur Ballett gelehrt worden, und doch konnte ich nun schon Walzer und wusste um den geheimnisvollen Wechselschritt auch in Viervierteltakten und auch, dass, wenn er nicht passen oder gelingen wollte, ein leichtes Hin- und Herwiegen bei Verlagerung des Gewichts von einem auf den anderen Fuß in Verbindung mit entsprechend aufrechter Körper- und Armhaltung einen passablen Tanz ermöglicht, bei dem man sich gut unterhalten kann. Und das schien mir auch anlässlich jenes Leichenschmauses und für *Love Me Tender* angemessen zu sein.

Tanzen ist der unmittelbarste körperliche Austausch zweier Menschen neben Sex. Einen Menschen reden zu hören, ihn sprechen und gestikulieren zu sehen, zu beobachten, wie er sich bewegt und tanzt – was ich immer gerne tue –, ist noch etwas völlig anderes, als ihn sich bewegen zu fühlen, seinen Körper zu spüren, seine Spannungen und Verspannungen und Entspannungen. Und es kommt auf die kurze Tanzdistanz auch unvermittelt der Geruch ins Spiel. Man gerät in den Dunstkreis des Tanzpartners, der Tanzpartnerin. Man kann ihn oder sie auf einmal auch riechen. Oder eben nicht.

Die wirkliche Wirklichkeit des Tanzens.

Wie riecht er, wie riecht sie? Wie liegt der Stoff der Kleidung auf seinem, auf ihrem Körper – eng, weit, feucht, nass, trocken? Was spielt sich hinter der Fassade ihrer oder seiner Kleidung ab? Wie ist seine, ihre Haut, wie fasst sie sich an, hart, weich, rau, glatt? Was machen die Körperteile? Wo sind sie, wie groß, wie breit, wie schmal, wie lang? Bewegt sich der Oberkörper mit, ist der Rücken aufrecht, gebeugt, gekrümmt? Wo? Welche Kraft haben die Arme, welchen Druck die Hände? Wo kommt die Kraft her? Wie bewegt sich das Becken, der Po? Macht er oder sie große oder kleine Schritte, schnelle oder träge, faule, geschmeidige oder ruckartige Wendungen? Wie ist der Takt des Körpers? Wo kommt die Kraft her, wo geht sie hin, in welche Körperteile? Wie funktioniert dieses Kanalsystem?

Zu Beginn jenes Tanzes mit Martha stellte ich zunächst einmal erleichtert fest, dass wir bei den anderen keine große Aufmerksamkeit erregten. Zwei der Gäste unterhielten sich, der Wirt räumte das Plastikgeschirr zusammen, und der Krran konzentrierte sich auf den Spielautomaten. Martha legte ihre eine Hand in meine halb erhobene Linke und stützte die andere auf meine rechte Schulter, den dazugehörigen Arm an meine Brust gelegt, ich führte meine rechte Hand flach auf ihren Rücken. Sie sank in die Tanzhaltung, als würde sie sich an mich lehnen. Ich spürte ihren sehr weichen und zierlichen Körper und sah sie lächeln. Sie ließ sich führen, sehr fließend, langsam, auch erschöpft, sie ließ sich wiegen und genoss es offensichtlich. Sehr bald tanzten wir sehr eng, auf Tuchfühlung. Ich konnte ihre Brust, ihren Bauch, ihre Oberschenkel spüren. Mit einer Mischung aus Laszivität und Trostbedürfnis überließ sie sich den Bewegungen und der Musik, die sie von Zeit zu Zeit mitsummte. Ab und zu seufzte sie leise. Besondere Tanzattraktivitäten waren nicht in ihrem Sinn – als ich sie einmal unter meinem Arm herumdrehte, ließ sie es sich wohl gefallen, schmiegte sich aber danach wieder fest an mich, um sich weiter wiegen zu lassen. So walzten wir, ruhig, ohne Gespräch und ohne uns anzuschauen.

Ich hatte noch nie zuvor mit einer so alten Frau so lange getanzt, dazu so eng wie, bis dahin, nur mit jungen Frauen; ich hatte einen so alten Körper noch nie in meinen Händen gehalten, noch nie an dessen Bewegungen teilgehabt, und ich war irritiert von deren Weichheit und Geschmeidigkeit. Und von der Stimmung von Erschöpfung, milder Trauer und Genusssucht, die von Marthas Körper ausging.

Dann kam ich doch mit meinen Füßen ihren in die Quere und entschuldigte mich dafür. Sie sagte leise: »Macht nix, min Jung. Is schön mit dir.« Und als ich kurz darauf nach einer weiteren langsamen Drehung meinen rechten Arm wieder auf ihren Rücken legte und bei dieser Bewegung unabsichtlich ihren Oberschenkel und ihre Hüfte mit meiner Hand streifte, lachte sie auf: »Huch. Finger weg da! Mann, ihr Männer seid doch alle gleich.« Ich entschuldigte mich noch einmal. »Hast was gemerkt?«, fragte sie darauf. Ich verstand nicht, was sie meinte, und antwortete: »Nein.« Aber sie forderte mich auf, noch einmal »dort« hinzufassen. Ich lehnte ab, aber sie bestand darauf, sagte, ich solle keine Angst haben, sie wolle nichts von mir. »Nur mal kurz. Mach mal.« Also ließ ich meine Hand ihren Rücken hinunterwandern und streifte noch einmal ihre Hüfte. »Na?«, fragte sie. Ich spürte kurz den Rand ihrer Unterwäsche und etwas Hartes, Rundes. Dann nahm ich die Hand wieder hoch.

»Hast erkannt?«, fragte sie.

»Glaub schon«, sagte ich.

»Strapse«, lächelte sie. »Strapse und Hüfthalter. Nylons natürlich.«

»Ja«, stammelte ich.

Ich guckte etwas hilflos im Raum umher. Niemand beachtete uns. Sie bemerkte meine Unsicherheit und flüsterte mir zu: »Für Ernst. Das hat er immer gerne gehabt. Hab ich heute für ihn angezogen.«

Ich entspannte mich.

»Achso.«

»Ja. Weil er da immer ganz wild auf war. Strapse und Nylons. Früher war das ja manchmal ein ewiges Gefummel mit den Dingern. Und unbequem. Und kalt. Und die zu kriegen überhaupt. Echte Nylons. Waren früher teuer. Und schnell gerissen. Aber er hat sich immer gefreut. Und heute, dacht ich, soll er sich auch noch mal freuen können.«

Dann lachte sie wieder etwas und lehnte ihren Kopf an meine Schulter. Wir tanzten eine Weile, bis sie ihn wieder hob und fragte: »Magst das auch?«

»Was?«, fragte ich.

»Strapse.«

»Ich weiß nicht.«

»Komm, tu nich so. Das mögt ihr alle.«

»Ja. Wohl ja.«

»Ernst war da ganz wild auf.«

Dann verstummten wir wieder. Als Elvis verklungen war, brachte ich sie an ihren Tisch zurück. Sie setzte sich, steckte sich eine Zigarette an, hustete und sagte: »Vielen Dank, min Jung. Das vergess ich dir nich. Und nu geh man arbeiten.« Ich verabschiedete mich von allen, und als ich die Erichklause verließ, begann in der Musicbox das nächste Lied zu spielen: Gloria Gaynor – *I Will Survive.*

8 Gerettet

Martha blühte auf in dem Jahr nach Ernsts Tod. Sie war Witwe, sie hatte keinen asthmageplagten frühverrenteten Ehemann mehr zu pflegen oder bei Laune zu halten, sie hatte plötzlich viel Zeit. Den Affen und den Vogel hatte sie weggegeben, nur Tarzan durfte bleiben. Oft begegneten wir ihr, schick gemacht und eingedieselt, wie sie ihren üppigen Parfümgebrauch nannte, abends im Haus, wenn sie die Treppe hinauf- oder herunterkam, die Hand fest am Geländer.

Klack klack klack – husten, husten – klack klack klack klack klack klack klack.

Sie ging regelmäßig ins Nachbarschaftsheim Sankt Pauli zwischen der Silbersack- und der Lincolnstraße, wo sie die Kassenverwaltung der Altengruppe übernommen hatte. Und sie trank nicht mehr so viel.

Auch das Viertel veränderte sich. Die Häuserkämpfe um die besetzten Gebäude in der Sankt Pauli Hafenstraße bei uns gleich um die Ecke eskalierten. Stadtregierung und Polizei provozierten und schikanierten die Bewohner mit Haussuchungen und Razzien, und begleitend wurden diese Übergriffe der Vertreter von RUHE UND ORDNUNG von Medien und tonangebenden Politikern unterstützt. Die Bewohner, Sympathisanten und Verteidiger des Projektes, zu denen auch ich mich zählte, wurden als Rechtsbrecher und Kriminelle diffamiert und mit düsterster Propaganda überzogen. Der sogenannte RECHTSFREIE RAUM, der dort angeblich entstanden war, passte ja auch gut ins allgemeine Sankt Pauli-Klischee. Man konnte aus dieser Berichterstattung, wenn man wollte, viel über die geheimen kriminellen Fantasien der jeweiligen Berichterstatter erfahren. Senkgruben taten sich auf, vor sich hin gärend, weil offensichtlich noch nicht mal an die eigene Kanalisation angeschlossen. Polizeieinsätze waren an der Tagesordnung, mal mit kleinen Kampftrupps, mal mit großem Wasserwerferaufgebot. Straßensperren, Straßenschlachten, Demos. Aber in der dumpfen Helmut-Kohl-Zeit bewegte sich zumindest etwas in diesem Viertel, und das Viertel bewegte sich mit.

Die Auseinandersetzungen um die Häuser waren für diese Zeit, für Hamburg und speziell für Sankt Pauli von ungeheurer Bedeutung. Und für mich auch. Aber für das Viertel bedeuteten sie vor allem, dass es vom Abziehbild der Sex-and-Crime-Maschine und der Rotlicht- und Vergnügungsmeile befreit wurde, als das es in den sechziger und siebziger Jahren vor sich hin gedümpelt hatte, und dass es endlich auch als Lebensraum, als Wohngebiet wahrgenommen wurde. Es wurde zu unserem Viertel, zu unserer Hood.

Das Haus in der Davidstraße fünf füllte sich, die letzten leerstehenden Wohnungen wurden vermietet. Und es wechselte mehrfach seinen Eigentümer. Der bisherige Besitzer, ein obskurer Immobilienhai in Köln, hatte sich, wie wir der Hamburger Morgenpost zum Frühstück entnahmen, auf dem Dachboden seines mehrstöckigen Hauses im Rheinland erhängt, weil sein WOHNUNGSIMPERIUM ZUSAMMENGEBROCHEN war, das heißt, er hatte sich in den USA, glaube ich, verzockt und war mehr als pleite gewesen. Saba und Carol unter uns waren ausgezogen, aber Sabas jüngere Schwester war inzwischen meine Zimmerlinde geworden. Iris wohnte nun auf Dauer in der Wohnung neben uns, und meine Mitbewohnerin und Kollegin Agnes hatte ein Engagement am Schauspielhaus in Hamburg angetreten, dessen Spielbetrieb zu dieser Zeit ins Operettenhaus an der Reeperbahn ausgelagert war. Ich beneidete sie, denn ich quälte mich immer noch am Thalia Theater, aber die Kündigung hatte ich schon geschrieben und ich fing an, mit Freunden über eigene Projekte nachzudenken.

Martha saß oft bei uns in der Küche, die wir im Winter, weil dort kein Kohleofen stand, mit dem geöffneten Gasherd warmhielten. Sie lachte und hustete viel und sie nahm regelmäßig Anteil an unserem Leben. Sie ließ sich von unserer Arbeit, unseren Plänen und unserem Ärger erzählen. Aber es war noch nicht so, dass wir uns um sie »kümmerten«, wie später, als es ihr schlechter ging und sie zusehends abbaute und verfiel. Es war eher so: In unserem Leben geschah viel, vieles begann, in der Arbeit und privat, Agnes hatte einen neuen Freund, ich eine neue Freundin, außerdem hatte ich mir mein erstes Motorrad gekauft, und Agnes und Iris bedienten neben ihrer Theaterarbeit am Tresen einer nahegelegenen kleinen Kneipe, die damals noch unter anderem ein Transvestitentreffpunkt mit einer beeindruckenden Wirtin war – und Martha hatte jede Menge Zeit und war unternehmungslustig. Schon einige Male hatten wir sie zu Theatervorstellungen eingeladen, in denen wir spielten, aber sie hatte jedes Mal abgelehnt. »Nee, das is nix für mich.« Das ist das Elend des deutschen Theaters, dass Menschen wie Martha es nicht als ihres ansehen. Andere Debatte, sogar große andere Debatte.

Dann spielte Agnes zusammen mit meinem besten Freund Konstantin gastweise in einem Stück in Bremen, und als Martha eines Abends klagte, ihr sei so langweilig oben allein und mit den Männern sei auch nix mehr los, redeten wir zu dritt so lange auf sie ein, bis sie einwilligte, sich dort eine Vorstellung anzuschauen.

»Move your ass! Den Arsch bewegen, Martha, hast du selbst gesagt. Wir machen einen Ausflug nach Bremen, wir fahren dich hin und wieder zurück.«

»Theater is nix für mich.«

»Das ist kein Theater, das ist eine alte Maschinenhalle.«

»Ich werd das nicht verstehen.«

»Keine Sorge, das Stück verstehst du.«

»Ich gehör da nicht hin.«

»Doch. Genau du gehörst da hin. Wir würden das genau dir gerne mal vorspielen und genau deine Meinung dazu hören.«

»Wer kommt denn da noch?«

»Normale Leute. Junge Leute. Du brauchst wirklich keine Angst zu haben.«

»Ich hab keine Angst.«

»Oder Sorge, dass du da nicht hinpasst. Ich setz mich neben dich, die ganze Zeit, und Iris setzt sich auf deine andere Seite. Wir gucken zu, und Agnes und Konstantin spielen. Wir lassen dich nicht alleine im Theater.«

»Ich hab nix anzuziehen.«

»Komm, hör auf. Du hast drei Schränke voll Klamotten. Das ist ne Ausrede.«

»Na gut.«

Die Tage vor dem geplanten Bremenausflug beriet sich Martha eingehend mit Agnes und Iris über die Frage der passenden Garderobe. Sie fanden schließlich eine Lösung, eine Kombination, mit der Martha, immer noch unsicher, sich auf den Weg zu machen bereit war. Und sie sah dann natürlich auch fantastisch aus, als wir uns zur Abfahrt trafen – schlicht, soweit das mit ihrem Gesicht und ihrer Frisur möglich war, schlicht im kleinen Schwarzen, wenig Schmuck, auf High Heels und mit Mäntelchen und Täschchen. Um ihr zusätzlich Sicherheit zu geben, hatten Konstantin, Agnes, Iris und ich uns auch nicht lumpen lassen und das Edelste angezogen, was uns zur Verfügung stand. In meinem Fall war es allerdings nur eine schwärzliche Jeans und ein weißes Hemd unter einer Lederjacke – einen Anzug besaßen weder Konstantin noch ich. So stiegen wir in seinen roten R4 und fuhren los. Zwei vorne, drei hinten, es war eng und sehr lustig, es war Frühling, und das ganze Auto roch nach Marthas Parfüm, mit dem sie nicht gespart hatte.

»Wie heißt denn das Stück?«, fragte sie ungefähr bei der Auffahrt Tötensen zwischen Hamburg und Bremen.

»Gerettet«, antwortete Agnes.

»Aha.«

Gerettet ist ein Stück des englischen Autors Edward Bond, ein Klassiker der neuen englischen Dramatik, die in den sechziger Jahren anfing, *working-class life* auf die Bühne zu bringen. Edward Bond, Arnold Wesker und andere ließen ihre Theaterfiguren in Umgangsprache, in Soziolekten sprechen, und die Geschichten der Handlung untersuchten die sozialen und zwischenmenschlichen Kämpfe am unteren Ende der gesellschaftlichen Pyramide. *Woyzeck* von Büchner könnte als sehr früher Vorläufer gelten. In *Gerettet* ist die Handlung folgende: Pam, eine junge Frau, lebt im Londoner Süden bei ihren Eltern, einem frustrierten Ehepaar, das nicht mehr miteinander spricht. Sie lernt Len kennen, einen gleichaltrigen Arbeitslosen, der ihr aber ihren Wunsch, endlich zu Hause rauszukommen, nicht erfüllen kann. Stattdessen zieht auch er bei ihren Eltern ein. Über ihn trifft sie auf Fred, den Alpha-Mann einer Gruppe junger Männer des Viertels. Sie wird schwanger und bekommt ein Kind von Fred, während sie Len, der an ihr hängt, kaum mehr beachtet. Aber Fred will nach der Geburt nichts mehr von ihr wissen und lässt sie mit dem Kind sitzen. Als sie ihn mit dem Baby im Kinderwagen in einem Park zur Rede stellt, macht er sich über sie lustig und beleidigt sie. Sie geht, lässt aber das Kind zurück, und in der darauffolgenden Szene wird der Kinderwagen von Fred und den anderen jungen Männern mit zunehmender Gewalt demoliert, das Kind darin wird gesteinigt und stirbt. Len beobachtet das, ohne es zu verhindern. Fred kommt ins Gefängnis, und als er wieder entlassen wird, steht Pam erneut bereit und bietet sich ihm noch einmal an. Sie sagt, sie trage ihm nichts nach. Aber Fred hat inzwischen eine neue Freundin und will nichts mehr mit Pam zu tun haben. Pam kehrt nach Hause zurück und richtet sich in ihrer Hölle ein. Len, der immer noch an ihr hängt, aber auch keine Lebensperspektive entwickeln kann, schenkt sie keine Beachtung mehr. Die letzte Szene des Stückes zeigt die Eltern, Pam und Len im elterlichen Wohnzimmer. Es wird nichts gesprochen, Len repariert einen Stuhl. Edward Bond nannte dies den denkbar optimistischsten Schluss der Handlung.

Ich mochte das Stück sehr und ich mochte die Bremer Aufführung, die ich schon einmal gesehen hatte. Agnes spielte Pam, und Konstantin spielte Fred. Die Inszenierung konzentrierte sich auf die Dialoge, die Handlung und die Schauspieler, ohne große Dekoration, und fand in einer Art Werkraumtheater statt. Martha saß wie abgesprochen zwischen Iris und mir und schaute sich das alles ohne erkennbare Reaktionen an. Nur an einer Stelle, bei der Ankündigung einer der jungen Männer, dass er heiraten werde, und dem Einwurf eines anderen – »Gegen wen?« – lachte sie kurz. Iris und ich sahen uns des Öfteren an – natürlich waren wir gespannt, was Martha von all dem hielt, ob es ihr gefiel, ob es sie aufregte, ob es ihr zu hart war oder ob es sie langweilte. Aber ihrem leicht lächelnden Gesichtsausdruck war nichts Bestimmtes zu entnehmen. Sie applaudierte am Schluss etwas kraftlos, höflich, in sich gekehrt. Danach warteten wir im Foyer auf Agnes und Konstantin, um den Rückweg nach Hamburg anzutreten, und auf meine Frage, die ich nicht länger zurückhalten konnte, ob es ihr gefallen habe, schaute sie zuerst mich an, dann etwas nach oben und sagte: »Ja.«

Dabei blieb es – vorerst. Iris hatte eine Bekannte getroffen und war in ein anderes Gespräch vertieft, und bald kamen auch Agnes und Konstantin aus ihren Garderoben zu uns ins Foyer. Auch auf Agnes' Nachfrage, wie sie es gefunden habe, kam nur ein mildes »Gut«. Alle waren müde, es war spät, und es lag noch mindestens eine Stunde Autofahrt vor uns. Also machten wir uns auf den Heimweg. »Na, vielleicht morgen, oder übermorgen, oder irgendwann später«, dachte ich. »Das muss doch irgendetwas in ihr bewegt oder ausgelöst haben. Das Stück, aber auch die Tatsache, die beiden, die sie nur aus unserer Küche kannte, auf der Bühne gesehen zu haben. Stolz oder Befremden oder Irritation oder wasweißich. Aber nicht drängeln jetzt. Erstmal nach Hamburg.« Dennoch war ich unzufrieden, etwas enttäuscht, vielleicht weil kein Lob kam, keine Anerkennung, keine Bewunderung der Leistung der Freunde und unseres Berufes überhaupt. Wenn so etwas gekommen wäre, hätten wir das natürlich heruntergespielt, als ganz normal und als nichts Besonderes bezeichnet, aber so weit war ich schon nach Schauspielschule und zwei Jahren Theater, dass ich diese devote Haltung unserem Beruf gegenüber als selbstverständlich voraussetzte.

Die Rückfahrt auf der Autobahn verlief entsprechend wortkarg. Der Motor summte, und die dunkle Landschaft sauste vorbei. Ich fuhr, Agnes saß vorne neben mir, und Martha war auf der Rückbank eingerahmt von Iris und Konstantin, der langsam einnickte. Und dann, als wir alle innerlich schon wieder bei anderen Dingen waren, hörte ich Marthas Stimme von hinten:

MARTHA Sag mal, spinnst du?
IRIS Was?
AGNES Was?
KONSTANTIN Was?
ICH Was?
MARTHA *zu Konstantin* Du! Dich mein ich. Spinnst du, oder was?
KONSTANTIN Ich? Wieso?
MARTHA Das kannst du doch nicht machen!
KONSTANTIN Was? Worum geht's denn?
MARTHA Du weißt doch ganz genau, was ich meine.
KONSTANTIN Ich? Keine Ahnung.
MARTHA Tu doch nicht so.
IRIS Martha, was meinscht du denn?

MARTHA So behandelt man doch keine Frau!

KONSTANTIN Wie? Was?

MARTHA Du kannst doch nicht deine Alte sitzen lassen, wenn sie schwanger ist!

IRIS *lacht auf*

MARTHA Da gibt's nix zu lachen. Das Kind ist ja wohl von ihm. Da kann er doch nich einfach verschwinden. Tschüss, war nett und so. Das ist ja wohl das Allerletzte!

KONSTANTIN Aber Martha, das ist in dem Stück ...

MARTHA Was heißt hier »in dem Stück«? Sowas macht man nich. Sie hockt mit dem Lütten da, und du machst dir'n Lenz! Schön deinen Spaß gehabt, und ab zur Nächsten. Und wovon soll sie leben?

AGNES *wendet sich nach hinten* Ja, Martha, das stimmt, aber ...

MARTHA Und du verzeihst ihm das auch noch und wirfst dich ihm an' Hals. Du bist ja genauso bescheuert! So einem Arschloch hinterherzurennen. Wie der dich behandelt hat! Da heißt das: Lass dich nie wieder blicken. Und schön sehen, dass er zahlt. Den würd ich ja mit'm Arsch nicht mehr angucken!

AGNES Aber, Martha, das ist ja nur im Stück so ...

MARTHA Egal. Stück oder nicht Stück. Sowas geht nich!

KONSTANTIN Aber sowas passiert doch ...

MARTHA Ja klar, wenn man so dämlich ist und so einen Macker ranläßt, passiert das. Aber das passiert einem nur einmal, das kannst du mir glauben. Da darf man dem doch nich noch hinterherrennen!

Die Unterhaltung wurde hitzig, und es war schließlich eine bewegte Rückfahrt. Martha wollte nicht akzeptieren, dass man es auf dem Theater aber so zeigen könne und müsse, zum Beispiel, um Gespräche wie unseres zu provozieren oder um eine solche Empörung darüber hervorzurufen. Oder besser, es interessierte sie gar nicht. Ohne dass sie es aussprach, wurde mir klar, dass ihr genau das einmal passiert war, dass sie sich nach ihrer ersten Schwangerschaft in genau solch einer Lage befunden hatte wie Pam in *Gerettet*. Dass sie ihre Lehre daraus gezogen hatte und dass sie gerade diesem Theaterabend, an dem ihr persönlich bekannte Menschen auftraten, nicht zugestehen konnte, solche Dinge darzustellen. Sie stellte Agnes und Konstantin zur Rede wie ihre Kinder oder eben wie gute Freunde, sie machte ihnen Vorwürfe und schimpfte sie aus. Oder sie sorgte sich um sie. Das Gespräch war eines zwischen zwei Welten, der der Betroffenen und der der Kunst, und der Widerspruch blieb unüberbrückbar. Irgendwann erlahmte die Unterhaltung. Ich glaube, weil Martha alles losgeworden war, was sie bewegte. Aber selbst als die Aufregung sich gelegt hatte, blieb in ihr ein Misstrauen bestehen gegenüber Konstantin, weil er als Fred Agnes als Pam so schlecht behandelt hatte. Vielleicht war ihr Misstrauen allerdings auch ein grundsätzlicheres Misstrauen unserem Beruf gegenüber.

Ich saß am Steuer und hörte über weite Strecken nur zu. »Grotesk«, dachte ich. »Dieser Streit ist grotesk. Worum geht es eigentlich? Um Moral? Ja, aber eigentlich herrscht ja Einigkeit zwischen Martha und Edward Bond: So etwas sollte nicht so sein. Um Lebenserfahrungen, um Meinungen? Ja, aber auch da Übereinstimmung. Ums Theater? Ums Zeigen, ums Vorführen? Ja, irgendwie auch, aber dann nein, denn Martha hatte ja nicht gesagt: Sowas will ich nicht sehen, ich will im Theater nur das Schöne, sowas gehört nicht auf die Bühne und und und.«

Meine Gedanken verhakten sich, ich fand keinen Punkt, auf den das Gespräch zusteuerte oder von dem es ausging oder der zur Verständigung beitragen konnte oder zur Klärung – was sollte denn überhaupt geklärt werden? –, kein Resümee, keine Schlussfolgerung, kein Sinn.

Nur eins wurde mir deutlich: Martha hatte das Theater, das Stück und Edward Bond ernst genommen, viel ernster, als wir es erwartet hatten und als wir es gewohnt waren. Verwirrend und grotesk erschien uns das Fehlen des Abstandes zur Bühnenwirklichkeit, aber wie viel grotesker waren für mich manche Vorstellungen, in denen ich spielte und in denen ich auf der Bühne spielend zu wissen glaubte, dass keiner der da im Publikum versammelten Abonnenten und Theatergänger irgendetwas von mir wissen wollte, von mir persönlich. Die wollten nur das Stück, die Emotion geliefert, auf dem Weg zur und von der Vorstellung würden sie zum Beispiel in der U-Bahn von mir abrücken, nichts mit mir zu tun haben wollen. Nachmittags würden sie mir als wegen einer Hafen-Demo aufgehaltene Autofahrer noch zuschreien: RÜBE AB! WEG MIT DEM GESINDEL! Und abends dann im Thalia Theater meiner Leistung applaudieren. Wie viel grotesker war diese Form von Abstand zur Bühnenwirklichkeit! – Bin ich hier der Kasper, oder was? 'n Clown, oder wie? Wer bin ich denn hier? – Nicht berücksichtigen würden sie, diese Abstandhalter, dass die Art, wie ein Schauspieler spielt, immer damit zusammenhängt, wie er lebt und denkt. Das eine ist schön, das andere ist egal. Das eine ist Geschäft oder Kunst oder Kunstgeschäft, das andere ist Privatsache – *Handwerker siehst du, aber keine Menschen!*

Hölderlins Forderung an die Deutschen gilt auf der Bühne wie im Alltag. *Das muss man doch trennen.* Nein, nein, eben nicht! Handwerker gibt es dort allenthalben, nein, nicht Bühnenhandwerker, sondern die, die das angebliche Handwerk des Theaterspielens oder -machens gut oder weniger gut beherrschen. *Handwerk, Handwerk, Handwerk* – ließ ein Regisseur dann auch irgendwann mal im Brustton der Präpotenz in einer Theaterkantine verlauten, als ich … andere Geschichte, weiter. Alles falsch, alles dumm, alles öde! Theaterspielen ist kein Hand-, sondern ein Kopf- und Körperwerk, wenn überhaupt. Schauspielhandwerk ist nur ein anderer Begriff für Haltungslosigkeit. Und das mit den »echten Menschen auf der Bühne« von »echten Menschendarstellern« ist auch so ein trostloses Missverständnis. Gefordert, gemeint sind Haltung, Meinung und Auseinandersetzung und nicht Fachleute, Schlaumeier und Könner. Für die Bühne kann es nur heißen, das Publikum ernst zu nehmen, indem man sich selbst ernst nimmt, und umgekehrt.

Martha aber nahm uns ernst, sehr ernst, grotesk ernst. Gerade deshalb ist mir diese Nachtfahrt und diese erregte Debatte so deutlich in Erinnerung geblieben. Grotesk und aufgeregt war sie, aber die Widersprüche darin berührten so viele Fragen, die mich als Schauspieler immer noch umtreiben. Marthas Aufbegehren war ein Zeichen für die große Qualität des Stückes und des Autors. Ebenso wie ein Hinweis auf die Wirksamkeit von Theater. Für wen und vor wem spielen wir Theater, was, warum, wo und wann? Und wie? Und warum wie? Die Frage der Funktion von Theater, die der Möglichkeiten von Theater. Und immer wieder das Erstaunen über das Wunder der Zweiten Wirklichkeit – man bekommt etwas vorgespielt und kann danach nachts nicht schlafen. Was geschieht da? Katharsis? Man spielt etwas vor und kann danach entspannt in der Kantine ein Feierabendbier trinken. Auch Katharsis? *Die ganze Welt ist Bühne,* sagt Jaques in *Wie es euch gefällt* von Shakespeare – ja ja, schon klar, aber manche stehen zum Applaus wieder auf, wenn sie gestorben sind, manche nicht; manche sind nicht auf der Bühne, sondern im Leben falsch besetzt; für manche hört ihr Stück leider nicht mehr auf; manche können nicht noch einmal auftreten; manche spielen Pam und manche sind Pam. Welche Funktion kann Theater haben, wenn eine Pam eine Pam auf der Bühne erlebt?

Einige Tage darauf kam Martha zu uns und entschuldigte sich dafür, dass sie sich so erregt hatte, mit einem Kuchen. Sie befürchtete, sie hätte uns mit ihrem Ärger über Fred und Pam den Abend verdorben. Ich hoffe, ich antwortete ihr damals so etwas wie: »Im Gegenteil!« Aber wenn ich es damals nicht getan habe, dann jetzt hier noch einmal: »Im Gegenteil! Und vielen Dank, Martha!«

Dritter Teil

Verdauung – Kurze Geschichte der falschen Anmutung – Ansichtskarten – Mann und Frau – Frau und Mann – Gelb I – Gelb II – Gelb III

1 Verdauung

Warum das alles schreiben? Warum versenke ich mich in dieses Damals? Warum sich der Mühe dieser Geschichtserforschung unterziehen? Warum diese in vieler Hinsicht vergangene Zeit heraufbeschwören, in der noch nicht *Isolation und Infantilismus* die Oberhand im gesellschaftlichen Umgang gewonnen hatten, wie es Jonathan Franzen in einem Essay am Ende der neunziger Jahre beschrieben hat? Warum Marthas Leben, oder besser, den Teil davon, der mein Leben streifte, dokumentieren?

Schreiben ist ein Verdauungsvorgang. Wie jede Kunst. Es gibt Schnellverdauer, es gibt Langsamverdauer, und ich glaube, dass zwischen dem Tempo der körperlichen Peristaltik und dem der gedanklichen Bewältigung von Erlebnissen ein Zusammenhang besteht. Es gibt Menschen, die Stunden auf der Toilette verbringen, mit Zeitungen, Büchern oder in Gedanken versunken, es gibt andere, die bis zum letzten Moment warten, um dann nur kurz ihre Scheiße loszuwerden. Und obwohl ich zu letzteren gehöre, hat es fast zwanzig Jahre gedauert, bis ich diesen Martha-Merk-Würdigkeiten *Ausdruck* verleihen konnte – um im Bild zu bleiben.

Der erste Versuch, davon zu berichten, war ein Drehbuch, das ich für einen Kurzfilm geschrieben hatte, Titel: *Der Wahnsinnskandidat*. Konstantin sollte darin einen jungen Arbeitslosen spielen, der morgens mit dem Mofa zu einem Bewerbungsgespräch fährt, bei dem er, wie er später feststellen muss, von Anfang an keine Chance hatte. Außerdem gab es drei weitere Rollen. Eine davon war die Mutter der Hauptfigur, bei der der Wahnsinnskandidat aus Geldmangel immer noch wohnte. Diese Mutter sollte Martha spielen, und bei dieser Gelegenheit wollten wir auch ihre Wohnung zum Drehort machen. Das Frühstück von Mutter und Sohn zum Beispiel sollte vor der immensen Schrankwand in der guten Stube stattfinden. Die Handlung war grotesk, sie bestand hauptsächlich aus einer Kette von Missgeschicken, die der zentralen Figur, einem überforderten Hektiker, zustießen – vom zu späten morgendlichen Aufstehen bis zum Ende, an dem er seine Bewerbungsunterlagen in einem Papiercontainer der Weltfirma, bei der er sich vorgestellt hatte, wiederfindet.

Ich erzählte Martha von unserem Projekt und fragte sie, ob sie sich und ihre Wohnung zur Verfügung stellen würde. Sie hatte keine Einwände und sagte, wir sollten Bescheid sagen, wann es losginge. Und statt es dann sofort in die Tat umzusetzen, fingen wir an, uns über Technik und Geldbeschaffung Gedanken zu machen und Ratschläge einzuholen. Wir hatten zu wenig Erfahrung mit und zu viel Respekt vor dem, was Film damals für uns war. Eine Videokamera besaßen zu dieser Zeit nur sehr wenige, und angeblich konnten nur Eingeweihte damit umgehen. Wir waren weder Besitzer, noch kannten wir einen, noch waren wir eingeweiht. Also sollte Filmförderung beantragt werden. Dazu waren aber, laut Hinweis eines im

Filmgeschäft Beschlagenen, Änderungen im Drehbuch, beigelegte Fotos von Drehorten und Darstellern sowie eine ausführliche Beschreibung des Projektes undsoweiter undsoweiter notwendig. Und so versiegte der Impuls, so wurden wir mutlos. Das Ganze wurde kompliziert, langwierig, unüberschaubar. Ich schrieb um, ich schrieb neu, ich verlor die Lust, und eine Ahnung überkam uns, dass wir sowieso niemals Geld für ein solches Projekt bekommen würden, dass wir mit alledem so chancenlos waren wie unsere Hauptfigur in dieser kleinen absurden Geschichte über das Scheitern und das Nicht-Zeitgemäßsein.

Diesen Kurzfilm haben wir nie gedreht. Aber zu seiner Vorbereitung sind von einem befreundeten Fotografen Standfotos gemacht worden – vom Wahnsinnskandidaten und seiner Mutter, von Martha und von Konstantin. Auf den Bildern sitzt Martha zurückgelehnt und freundlich lächelnd in einem ihrer Ledersessel, und er steht neben ihr, bereit zur Abfahrt, Entschlossenheit im Gesicht und den Mofahelm unter den rechten Arm geklemmt. Hinter ihnen sind die beleuchtete Vitrine und Teile der beeindruckenden Schrankwand zu erkennen. Diese zwanzig schönen Schwarz-Weiß-Fotos sind das magere Ergebnis des ersten Versuchs, von Marthas Leben zu berichten.

Das nächste Dokumentationsprojekt kam noch weniger zur Ausführung und blieb eigentlich nur Wunsch, Plan und Gedanke. Aber zunächst stand 1985 ein zeitweiliger Abschied von Martha, von der Davidstraße und von Sankt Pauli an. Ungefähr ein Jahr davor war ich Magdalena wiederbegegnet. Kennengelernt hatten wir uns etwa zehn Jahre früher – in Pinneberg auf dem Schulhof unseres Gymnasiums. Schon dort war sie meine ganz große, aber aus vielerlei Gründen unmögliche, unerlöste Liebe gewesen. Und erst nach jenen zehn Jahren und einem zufälligen Wiedersehen konnten wir diese so tief in unserem verlassenen Leben wurzelnde und in viele Jugendträume verwobene Liebesgeschichte leben. »Alte Liebe rostet nicht«, war Marthas Kommentar dazu. Magdalena wurde für lange Zeit die ultimative Zimmerlinde – zwanzig Jahre haben wir zusammengelebt. Und ein Jahr nach jener entscheidenden Wiederbegegnung beschlossen wir, nach Frankfurt zu ziehen. Die Wohnung in der Davidstraße wurde zwar nicht auf-, wohl aber auf absehbare Zeit weitergegeben, also untervermietet.

Die drei folgenden Jahre waren turbulent. Wir trennten uns in Frankfurt – und fanden nach einem Jahr wieder zusammen. Dann kehrte – nach zwei weiteren Jahren – zuerst ich wieder nach Hamburg zurück und ein halbes Jahr später Magdalena, nach dem Abschluss ihrer Ausbildung als Hebamme und selbst hochschwanger. Dennoch waren während dieser drei Jahre der Entfernung weder Martha noch Sankt Pauli vergessen oder verlassen, nicht abgelegt noch aufgegeben, sondern eher in den Hintergrund des Lebens an anderen Orten oder in eine mögliche Zukunft verschoben. Ich hielt zeitweilig ein Zimmer der alten Wohnung für gelegentliche Hamburgaufenthalte belegt, karg möbliert und selten genutzt, aber mit der Gewissheit, auf diese Weise weg und doch nicht ganz weg sein zu können und einen Anker in Sankt Pauli zu behalten.

Mit diesem Zimmer ist das nächste Martha-Projekt verbunden, denn dort entstand an einem einsamen Herbstabend auf der Durchreise von Frankfurt nach Husum der Plan, einen Dokumentarfilm über Martha zu drehen, ihren Alltag mitzuverfolgen, Gespräche und Interviews mit ihr aufzuzeichnen. Videotechnik, Videokameras, Videoaufnahmen waren mittlerweile Allgemeingut geworden. Das Vorhaben schien mir einfach, schien mir möglich, auch ohne viel Geld und großen Aufwand – einfach Material sammeln, einfach die Kamera mitlaufen lassen –, was daraus entstünde, würde man später sehen. Es war eine dieser Das-werde-ich-einfach-mal-machen-Unternehmungen, die dann nie in die Tat umgesetzt werden, weil alles eben so naheliegend, so einfach ist, und weil die komplizierteren, die aufwendigeren Dinge zuerst erledigt werden müssen, um sich danach dem Eigentlichen und wirklich Wesentlichen zu widmen. Wie immer auch hier ein großer Irrtum.

Im Übrigen – wer weiß, ob es tatsächlich einfach gewesen und geworden wäre, dieses Projekt. Aber einfach wären immerhin die Bedingungen gewesen – die Ausrüstung hätte recht einfach beschafft werden können, Tonband, Walkman, Mikrophon besaß ich, die Zeit wäre recht einfach freizuhalten gewesen, und Martha wäre einfach für so etwas zu gewinnen gewesen, weil es ihr gesundheitlich noch gutging und, die einfachste Bedingung: weil sie einfach noch lebte. Aber den Entschluss, es einfach gleich in die Tat umzusetzen, einfach gleich mal anzufangen – diesen recht einfachen Entschluss, den habe ich einfach einfach nicht getan. Weil ja einfach niemand drängte. Weil es ja einfach noch Zeit hatte. Weil es letztlich einfach sehr angenehm war zu wissen, dass das einfach eine sehr gute Idee, ein sehr gutes Projekt war. Und irgendwann war es dann einfach zu spät. Da hatte ich es einfach verpasst. Einfach.

Hätte ich damals – ach was! HÄTTE, HÄTTE – HERRENTOILETTE! Erst als Martha tot war, als sie kläglich verreckt war, als sie mehr und mehr Anlass für skurrile Geschichten vom Hamburger Kiez war, wurde mir bewusst, dass dieser Kloß unverdauter Geschichte die Form eines Auftrags angenommen hatte, den ich schon seit langer Zeit mit mir herumtrug und dessen Erfüllung ich mir selbst schuldig zu sein glaubte. Diese mit mir selbst eingegangene Verpflichtung hat mich seither nicht verlassen. Auch weil ich die Dinge, die ich einmal verpasst hatte, so nicht auf sich beruhen lassen wollte; auch weil ich diese Mischung aus einfacher Trägheit und einfacher Mutlosigkeit hinter mir lassen wollte; auch weil ich keine Gelegenheit bekommen hatte, mich von Martha und dem Leben mit ihr auf Sankt Pauli zu verabschieden. Nach meinem Vater war Martha der zweite mir nahestehende Mensch, der ohne persönlichen Abschied aus meinem Leben verschwunden war und sich nie wirklich zu Geschichte und Erinnerung auflösen konnte.

Außerdem war da die undeutliche Ahnung, dass Menschen wie Martha auch und besonders im Nachhinein gar kein beschreibbares Leben, gar keine Geschichte zugestanden wird, wie diesem ganzen Stadtviertel nicht, das sich nicht einmal selbst als Ort von Geschichte versteht, sondern meint, sich als eine Art Sex-Disneyland und Obsessionen-Durchlauferhitzer vergangenheits- und zukunftslos verkaufen zu müssen. Martha würde wohl in der Schublade der sogenannten EINFACHEN LEUTE verschwinden. Gegen dieses diffamierende und seit jeher mit derselben Überheblichkeit wiederholte widerwärtige Etikett haben schon ganz andere angeschrieben, und doch ist es bis heute eine der gängigsten Redewendungen, um über Leute wie Martha hinwegzusehen. DIE EINFACHE FRAU, DER EINFACHE MANN, mit EINFACHEM GEMÜT und IN EINFACHEN VERHÄLTNISSEN lebend. In den von ihnen bewohnten Vierteln bleibt nach ihrem Tod kein Zeugnis ihrer Existenz zurück, ihre Wohnungen werden zum nächsten Ersten wieder renoviert und vermietet, ihr kärgliches Erbe ist schnell verteilt oder entsorgt, und dann sind sie einfach weg. Im Grunde war ihnen schon mit ihrer Geburt kein wirkliches Recht zugestanden, da zu sein, geschweige denn ernst genommen zu werden. *Wer bin ich denn hier? Eigentlich? Hä? Mensch do! Wer bin ich denn hier?* An all dem ist natürlich überhaupt nichts einfach, einfach ist nur die Dummheit dieses Stempels. Einfach macht man es sich mit ihnen, und einfach sollen sie gemacht werden, einfach, gesichtslos und geschichtslos.

Man versuche es einmal und senke sich in das Leben des Geringsten und gebe es wieder in seinen Zuckungen, den Andeutungen, dem ganzen feinen, kaum bemerkten Mienenspiel; ... das unbedeutendste Gesicht macht einen tieferen Eindruck als die bloße Empfindung des Schönen, und man kann die Gestalten aus sich heraustreten lassen, ohne etwas vom Äußeren hinein zu kopieren, wo einem kein Leben, keine Muskeln, kein Puls entgegenschwillt und pocht. Georg Büchner. Genau! Oder:

Denn jeder einzelne Mensch ist schon eine Welt, die mit ihm geboren wird und mit ihm stirbt, unter jedem Grabstein liegt eine Weltgeschichte. Heinrich Heine. Genau! Oder:

Alles geht mich an, alles! Rainald Goetz. Ja, genau! Oder:

Eines zu seyn mit Allem, was lebt ... Friedrich Hölderlin. Ja, ja! Oder:

Das Leben ist sehr kompliziert. Ilja Ehrenburg. Genau! Oder:

Kein Mensch war eine Wiederholung anderer Menschen oder wird je selber wiederholt werden. Jedes Menschenkind gleicht den Kometen, die nur einmal in aller Ewigkeit die Bahn der Erde berühren und eine kurze Spanne Zeit ihren leuchtenden Weg über ihr dahinziehen – phosphoreszierend zwischen zwei Ewigkeiten von Finsternis. Martin Andersen Nexø. Ja, rigtig! Eller:

… es lebe das kurze, brüchige, haltlose Dasein, in dem das meiste aus Versäumnissen besteht … Es leben die Begegnungen mit den Toten, es lebe das Hinuntersteigen in die Regionen der Zwecklosigkeit, es leben die Gescheiterten, es leben alle die, die es zu nichts gebracht haben, die aus Schwermut und Schmerz nicht vermögen, sich morgens zu erheben, die verkommen, die es nur noch aushalten können, wenn sie sich bis zum Äußersten mit Alkohol und Narkotika betäuben, es leben die Verachteten, Verhöhnten, die Verkrüppelten, die Verdämmernden, die Umnachteten, es leben die, die heulend in ihren Verstecken sitzen, es leben die, die alles aufgegeben haben, von denen nie die Rede sein wird, die nichts hinterlassen und die im eigenen Unrat verrecken. Peter Weiss. Ja, genau!

Ja. Ja. Ja! Vielen Dank!
Also Geschichtsschreibung statt Dokumentation.
Aber wie schreiben?
Ein Heldinnenepos?

Singe mir, Muse, vom Leben und Sterben der Martha,
Der Ihdeschen Martha im Hamburg der achtziger Jahre
Des letzten Jahrhunderts, geschehen im Stadtteil Sankt Pauli!
Sing mir von Ernst, ihrem Mann, vom Hund auch, von Tarzan.
Aber vor allem erklinge ihr lachender Husten
In dem Gesang, ihr hustendes, gurgelndes Lachen,
So wie auch ich es einst hörte und sah und genoß!

Ein Heldinnenepos – das wäre wohl die angemessenste Form für einen Bericht von Marthas Leben.

Aber das kann ich nicht.
Ich kann es nur so – so wie es hier steht.

2 Kurze Geschichte der falschen Anmutung

Was meine eigentümliche Verbundenheit mit Martha betrifft, den Kern des Chronistenauftrags, so hat es noch einige Jahre gedauert, bis ich das Wort gefunden oder vielmehr gehört habe, das sie am besten beschreibt, nämlich das Wort *Anmutung*. Genauer gesagt, deren Abwesenheit, also die Formulierung: *Fehlende Anmutung*, oder noch besser: *Falsche Anmutung*.

Eine großartige Aussage, ein geheimnisvolles Wort! Es klingt gehaltvoll, klug, vergeistigt, »selten«. Das sollte es auch in jenem Fall, genau so war es gemeint, dieses Wort, und besaß zur gleichen Zeit die vorteilhafte Eigenschaft einer sprachlichen Nebelkerze – viel Dunst und nichts dahinter.

Es trat das erste mal in mein Leben, als vor einiger Zeit die Ausstrahlung eines kurzen Fernsehporträts, das eine Freundin von mir gedreht hatte, mit eben dieser Begründung abgelehnt wurde – dieser Beitrag eben habe die *falsche Anmutung*. Eine weitere Diskussion hatte sich damit sofort erledigt. Über Geschmack lässt sich ja bekanntlich nicht streiten und gegen eine *Anmutung* lässt sich nicht argumentieren. Es dauerte allerdings eine Weile, bis ich begriff, dass auch genau das verhindert werden sollte; und dass dies nicht etwa bewusster Bosheit entsprang, sondern einer mittlerweile weitverbreiteten Verlagerung der Denktätigkeit in Gefühlsregionen und Befindlichkeiten oder in dafür zweckentfremdete konkrete Körperteile wie zum Beispiel in den Magen oder in den Darm. Diese Feststellung nun, die der nicht genehmen Anmutung, hatte – *Simsalabim* – die Gestalt eines Arguments angenommen, obwohl sie eigentlich das Gegenteil war, nämlich eine Aussage bar jedes Gedankens und eher der Ausdruck eines sehr absichtlichen Nicht-Denkenwollens.

Der ungefähr fassbare Gehalt dieser Formulierung im Falle besagter Ablehnung war in etwa: *Och, irgendwie – nö!* Klingt natürlich nicht so gut, so seriös, so kultiviert wie »Falsche Anmutung« oder »Fehlende Anmutung« und ähnelt auch mehr einem Körpergeräusch, einem Aufstoßen oder einem Rülpsen, einem Stöhnen vielleicht – *Ooooa – nöööö!*

Was wäre demgegenüber also die »richtige Anmutung«? – Ein ähnlich trüber Bedeutungssumpf tut sich auf: *Och, irgendwie – jo!* Alles läuft auf: Find ich prima! oder: Find ich blöd! Man hat's oder man hat's nicht! hinaus. Daran ist sicher nichts Verwerfliches, aber doch als Beurteilung von Fernsehredakteuren über die von ihren Anstalten hergestellten Produkte zumindest besorgniserregend – nein: bezeichnend. Es ist nur eines vieler Anzeichen dafür, wie schnell und wie weit das Denken durch etwas ersetzt werden soll und auch tatsächlich wird, was es nicht ist, nämlich durch ein Befinden. Damit wird jede argumentative Auseinandersetzung schon mal von vornherein ausgeschlossen, abgelehnt, verhindert, aus putativer Notwehr. Das Geheimnisvolle, das unergründlich Stimmungshafte triumphiert. In der Esoterik mag das Bedingung sein, in künstlerischen Prozessen ist es tödlich.

Diese Vertauschung ist nun aber ein komplizierter und erstaunlicher Vorgang. »Das muss doch ungeheuer anstrengend sein, sich so dumm zu stellen und mit allen Mitteln zu verhindern, dass man dabei gestört wird«, dachte ich, als ich zu meiner Verblüffung erfuhr, dass die Beurteilung nach richtigen oder falschen Anmutungen schon länger eine gängige Praxis ist, um unliebsames Nachfragen zu unterbinden. »Diese Selbstverblödung betreibt man doch nicht freiwillig. Viel zu aufwendig, viel zu abwegig, viel zu anstrengend. Das geht doch wahrscheinlich nur unter Druck.« Und natürlich war auch in jenem Fall Druck von oben nach unten weitergegeben worden … Langweilig, andere Geschichte, weiter!

Dennoch würden diese Anmutungsbeurteiler wohl nicht verstehen, wie deutlich in ihrem Gebrauch dieses Wortes vor allem anderen besonders die Angst zum Vorschein kam. Die Angst, nicht das Richtige zu tun. Die Angst, nicht dazuzugehören. Wo? Bei was? Oder zu wem dazuzugehören? Hier setzt meine Vorstellungskraft aus, übrigens ein weiteres Zeichen falscher Anmutung. Mit den Worten von Stephan Hermlin: *Unbezähmbar ist der Drang, bei den Stärkeren zu sein.*

Jedenfalls war mit dieser Beurteilung etwas bezeichnet, was mir offensichtlich fehlte. Und seitdem kann ich genauer benennen, was mich mit Martha verbindet: diese Lücke, diese Anmutungsleere. Denn Martha war die personifizierte falsche Anmutung – sozusagen Tiefstand auf dem Anmutometer. Ernst fehlte sie übrigens auch, zumindest die richtige, Iris auch, Achim, Saba, Agnes und Konstantin fehlt sie noch heute. Hölderlin besaß sie ebenfalls nicht, Reinhold Jakob Michael Lenz, Georg Büchner – auch Fehlanzeige. Eigentlich hat sie ja sowieso kein Mensch – weil sie nur als Phantom existiert, weil sie ein völlig künstliches Gebilde, eine Art zwanghafte Fernsteuerung ist – und doch können erstaunlich viele Menschen nicht darauf verzichten, dazu dazuzugehören. So wie sie auch meinen, *in der Wirklichkeit ankommen* zu müssen oder *Urlaub vom Ich* machen zu können, oder Panik haben, nicht *zukunftsfähig* zu sein ... andere Ängste, weiter. Dieses Lebensgefühl, das mit der Einsicht einhergeht, nicht dazuzugehören, nie dazugehört zu haben, es auch gar nicht zu können, schließlich auch nicht mehr zu wollen, oder besser: etwas Wichtigeres zu tun zu haben, nämlich sein eigenes Leben zu leben, so gut es eben geht – diese Lebenshaltung muss man vor den Anmutungsinhabern bewahren und gegen das Dazugehörenwollen und die dazugehörigen Dazugehörer behaupten.

Das war und ist der Auftrag.

Es lebe die falsche Anmutung!

Martha ins Fernsehen!

Marthas auf allen Kanälen!

Marthas ins Theater!

Marthas ins Kino!

3 Ansichtskarten

»Schickt mal ne Ansichtskarte«, sagte Martha, als ich, nachdem wir den gemieteten VW-Transporter für den Umzug nach Frankfurt vollgepackt vor der Brauerei abgestellt hatten, noch kurz in den Fünften ging, um mich von ihr zu verabschieden. Magdalena hatte das schon am Vorabend ausführlicher getan. Es war ein sonniger Sommermorgen, und in mir herrschte Aufbruchstimmung. Sie bat mich nicht, wie sonst üblich, hereinzukommen, sondern ließ es, den Drücker der halbgeöffneten Wohnungstür in der einen und eine brennende Morgenzigarette in der anderen Hand, mit einem kurzen, etwas unpersönlichen Abschiedsgespräch gut sein. Sie war noch nicht für den Tag gekleidet, sondern stand in einem abgetragenen grünlichen, rautenförmig abgesteppten langen Morgenmantel mit goldener Kordel und mit roten kunstpelzumrandeten Pantoffeln an den Füßen im Halbdunkel des Flures. An einer Seite ihrer Beine wurde Tarzan kurz sichtbar, bevor er wieder in die Tiefe der Wohnung zurücktrottete. Ungeschminkt und mit noch nicht zurechtgemachten Haaren sah ihr Gesicht fahl und sehr verlebt aus. Die Falten, die tiefen Augenhöhlen gewannen im dämmrigen Licht der Vierzig-Watt-

Birne, die von der Hausverwaltung aus Geiz als einzige Lichtquelle in der Deckenlampe jedem Stockwerk zugedacht war, unwirkliche Konturen.

Nach einer längeren Unterhaltung war wohl weder ihr noch mir zumute. Als ich sagte, wir hätten nun alles im Auto, ich würde mich auf die Arbeit in Frankfurt freuen und so weiter, ich wünsche ihr alles Gute – eben die Dinge, die man so sagt, wenn man nichts wirklich mitzuteilen hat –, nickte sie milde lächelnd. Es war etwas von dem Wissen *Wer hier weggeht, kommt nicht wieder* darin. Dann kam noch: »Viel Spaß!«, etwas später: »Gute Fahrt!« und abschließend: »Tschüss. Und schickt mal ne Ansichtskarte.« Damit schloss sie die Tür, und ich lief die Treppen hinunter in die glänzende Sonne und aufkommende Hitze dieses Tages.

Von der Straße aus sah ich an der Hausfassade hoch, sah die vielen unterschiedlichen Balkons, manche blumengeschmückt, manche lediglich Lagerplätze für Ofenasche und leere Bierkisten, Abstellorte für zerbrochene oder überflüssige Möbelstücke, sah die wegen der Hitze nach innen geöffneten Fenster und Oberlichter und die zweiflügeligen, damals noch grünen, ewig undichten Balkontüren aus von Wetter und Zeit spröde gewordenem Holz. Auch die Türen zu Marthas Balkon standen offen, aber sie erschien nicht, um zu winken oder einen Blick auf Straße, Hafen oder unsere Abfahrt zu werfen. Ich sog den besonders an Sommermorgenden intensiven Dunst der Bierfabrik ein, stieg ins Auto, und wir fuhren los.

Tatsächlich haben wir Ansichtskarten an sie geschrieben, vielleicht vier oder fünf in den folgenden drei Jahren. Später entdeckte ich, wie sorgsam sie diese Fotopostkarten zwischen die anderen Stücke in die Schrankwand dekoriert hatte. Eine mit der Abbildung der Hochhaus-Skyline von Frankfurt hatte es sogar bis in die zentrale Vitrine geschafft. Einen anderen dieser Kartengrüße habe ich schon früher, etwa ein Jahr nach unserem Umzug, bei einem kurzen unangemeldeten Besuch in Marthas Küche wiedergesehen.

Dieser Besuch war ein kleiner Verrat. Nein, kein kleiner Verrat – einfach ein Verrat. Ich denke ungerne an ihn zurück, weil die Gründe, die mich veranlassten, an einem frühen Spätsommerabend des folgenden Jahres auf den Klingelknopf neben dem kleinen blechumrandeten Namensschild mit der Aufschrift IHDE zu drücken, kaum dem Wunsch entsprungen waren, Martha wiederzusehen und zu erfahren, wie es ihr ging, was sie machte, wie sie zurechtkam, sondern vor allem dem, mit meinem vertrauten Verhältnis zu ihr anzugeben und sie als Dekoration für eine Selbstinszenierung zu benutzen. Denn damit, dass ich mit jemandem wie Martha nachbarschaftlich-freundschaftlich verbunden war, und eigentlich mit der ganzen Atmosphäre der Davidstraße Nummer fünf, wollte ich Eindruck machen auf Paula, eine Kollegin, die aus anderen Gründen auch kurz in Hamburg war und an die mich eine seit geraumer Zeit quälende, weil nicht in gleichem Maße erwiderte Verliebtheit band … andere Geschichte. Ich wollte Martha vorführen, ich wollte einen Teil meines Vorlebens präsentieren, von dem ich meinte, dass er, mir zugehörig, ein Leben mit mir unwiderstehlich attraktiv machen würde. *Welcome to the wonderful world of Sankt Pauli!*

Martha als Trumpfkarte – eine unangenehme Erinnerung. Auf dem Weg von der Reeperbahn erzählte ich Paula von Marthas Erscheinung, von Martha und Ernst, von dem bissigen Affen, von der Hausbar, von der außerordentlichen

Schrankwand und von meiner alten Wohnung im Vierten. Dann standen wir vor dem Haus Nummer fünf. Ich klingelte. Der Summer ertönte, und Paula und ich stiegen in den Fünften hinauf. Martha empfing uns an ihrer Tür, überrascht, aber nicht unbedingt erfreut. Ich stellte Paula vor, und wir standen eine Weile im Flur, während ich erklärte, wir seien zufällig vorbeigekommen – was natürlich schon eine Lüge war – und hätten ein bisschen Zeit in den Abend hinein. Immer noch bat Martha uns nicht in die Wohnung. Das aber war mir besonders wichtig, denn vom Eindruck der Schrankwand und der sonstigen Einrichtung auf Paula hatte ich mir ja einiges versprochen. Ich war verärgert, ohne es mir einzugestehen. Die Dinge liefen nicht, wie ich es vorausgesetzt hatte, der Druck stieg.

Schließlich sagte ich: »Sag mal, können wir reinkommen? Oder stören wir?« Und erst auf diese zwar freundlich vorgebrachte, aber unüberhörbar drängelnde Aufforderung gab Martha den Weg in ihre Wohnung frei. Dann aber lotste sie uns durch den Wohnungsflur in ihre Küche. Das war ungewöhnlich, denn in der Küche, das wusste ich, waren keine Sitzgelegenheiten. Ihre Küche war überhaupt in all den Vorjahren nie ein Ort für Unterhaltungen oder andere Zusammenkünfte gewesen. Ich war verwirrt. Hinter der verschlossenen Wohnzimmertür hatte ich im Vorbeigehen den Fernseher gehört. »Was ist denn los?«, dachte ich. »Warum ist Martha so verhalten? Warum werden wir nicht in die Ledersessel gebeten, nicht einmal aufgefordert, unsere Jacken und Taschen abzulegen? Warum wird uns die gute Stube vorenthalten, auf die ich Paula schon vorbereitet habe? Kann doch nicht sein!« Mit all der mir eigenen Sturheit wollte ich mein Sankt-Pauli-Erlebnis haben, wollte es zelebrieren, als hätte ich ein Recht darauf.

Die Unterhaltung in der Küche verlief verkrampft und bemüht, nicht nur von meiner, auch von Marthas Seite. Ich stand an den Kühlschrank gelehnt und versuchte angestrengt, das stockende Gespräch mit Erzählungen und Nachfragen in Gang zu halten. Martha antwortete kurz und allgemein und steckte sich, auf einen vor das Fenster gerückten kleinen klappbaren Küchenhocker gekauert, eine Zigarette nach der anderen an. Paula, die sich mit einem Arm auf die Spüle gestützt hatte, blickte von Martha zu mir und von mir zu Martha, bemerkte das schlecht überspielte Nebeneinanderherreden und wusste wahrscheinlich immer weniger, zu was sie hier hinzugebeten worden war. Dann entdeckte ich eine der Ansichtskarten aus Frankfurt auf der Dunstabzugshaube über dem Herd. Schon wollte ich sie herunternehmen und etwas dazu sagen, aber im selben Augenblick fiel mir ein, dass Martha mich daraufhin sicher nach Magdalena fragen würde, mit der ich ja für eine Zeit nach Frankfurt gezogen war, von der ich mich aber Paulas wegen getrennt hatte, und unsicher und feige schluckte ich den schon im Kopf formulierten Satz hinunter.

Damit war es mit meiner gespielten Lockerheit vollends vorbei, und so entstand schließlich doch die lange Gesprächspause, die ich mit allen Mitteln hatte vermeiden wollen. Mir fiel nichts anderes mehr ein, als Martha um eine Zigarette zu bitten, und während ich sie ansteckte und mir langsam meine ganze Enttäuschung eingestand, während ich dachte: »Also gut, das war ein Schuss in den Ofen hier. Sie lässt uns nicht in die Stube, warum auch immer, und sie selbst ist auch nicht so, wie ich sie gerne vorgeführt hätte. Wie finde ich jetzt einen souveränen Abgang, ohne mein Gesicht Paula gegenüber zu verlieren?«, sagte Martha in die Stille hinein: »Tarzan ist tot.«

Froh nahm ich das Thema auf. Ehrlich gesagt, war mir die Tatsache seines Sterbens völlig gleichgültig – ich bin eh kein Tierfreund –, aber es war immerhin ein Anlass zu neuerlicher Konversation. Also heuchelte ich Bedauern, bis Martha mich unterbrach: »Is nich schlimm. Ich hab jetzt Titus.« »Titus?«, fragte ich. Sie antwortete: »Is ne Promenadenmischung. Aber viel jünger. Muss auch nich mehr so oft mit ihm runter. Tarzan hab ich einschläfern lassen.« »Vielleicht ist das ein Weg ins Wohnzimmer«, ging es mir durch den Kopf. In dem unter der Oberfläche zwischen mir und Martha zumindest auf meiner Seite verbissen geführten Kampf um den Einlass in die gute Stube witterte ich einen unerwarteten neuen Vorteil, eine Möglichkeit, diesem Besuch bei ihr doch noch die von mir so gewünschte Wendung zu geben – spät, aber nicht zu spät! »Titus«, fragte ich nochmal, »Wo isser denn? In der Stube? Lass doch mal sehen.« Damit wandte ich mich dem Wohnungsflur zu, aber Martha erhob sich erstaunlich schnell und hielt mich auf: »Da kannst du jetzt nicht rein.«

Aha! Nun war es also ausgesprochen. Na bitte.

»Wieso?«, fragte ich mit verhaltenem Misstrauen. Und damit sah ich zum ersten Mal bei dieser Begegnung Martha wirklich an, sah die Mischung aus Unsicherheit und Vergnügen in ihrem Gesichtsausdruck, nahm erst da wirklich wahr, wie sie gekleidet war – nämlich besonders, ganz besonders, nicht-alltäglich, nicht-häuslich. Ich sah, dass sie sich schön gemacht hatte, dass sie ihre Pumps auch in der Wohnung trug, Ketten, Armreifen, Ringe, Ohrringe, ein enganliegendes dunkelblaues Kleid – so schöngemacht, wie ich sie seit Ernsts Tod nicht mehr gesehen hatte: schöngemacht für einen Mann. Und nach und nach fiel der Groschen bei mir. Ich begriff, dass und warum wir nicht willkommen waren und in was für eine Zwickmühle ich sie mit meiner Angeberei und gespielten *Hauruck-Guten-Tag-Wie-geht's-denn-so?*-Fröhlichkeit hineinmanövriert hatte. Nur dank ihrer Höflichkeit und trotz meines Gedrängels waren wir in der Küche, in diesem Zwischen-Raum und bei dieser verkrampften Allerweltskonversation gelandet. Beschämung überkam mich, und Paula und der Eindruck, den das alles auf sie hätte machen sollen, wurden vollkommen nebensächlich.

»A – ach«, sagte ich stockend, während ich Martha betrachtete.

»Ja. Ich hab'n Freund.« Sie grinste.

Damit hatte ich überhaupt nicht gerechnet, so viel Privatleben hatte ich ihr in meiner Sankt-Pauli-Inszenierung gar nicht zugestanden.

»Da drin?«, fragte ich und wies mit meinem Kopf in Richtung Wohnzimmer und Fernsehton.

»Ja.«

»Und wieso ...«

»Hat Familie. Und ne Wäscherei. In Langenhorn.«

»Und will er nicht ...«

»Nee. Die wissen nix.«

»Aha. Und woher ...«

»Wir kennen uns schon lange. Ging nur nie.«

»Achso.«

»Da ist er krüsch. Müsst ihr verstehen.«

»Ja, natürlich. Und wie lange ...«

»Ab und an mal. Jetzt konnte er mal ne Woche.«

Und plötzlich wurde mir auch klar, dass dieser Abend ein ganz spezieller Abend für sie war und warum unser überraschender Besuch ihr besonders ungelegen sein musste. Ich sagte: »Und heute habt ihr *letzten Abend?*«

»Ja. Müsst schon entschuldigen.«

»Ja, klar. Natürlich«, stammelte ich, »Entschuldige, Martha, dass ich …«

»Ach was, ich hätte ja auch früher was sagen können. Aber ihm ist das unangenehm. So isser.«

Nun war der Krampf verschwunden, nun war es für mich keine Schwierigkeit mehr, mich zu entschuldigen für diesen Einfall im doppelten Sinn und mich und Paula zu verabschieden, schnell und herzlich, und als ich Martha im Hinausgehen noch ein Kompliment über ihr Aussehen machen wollte, raunzte sie: »Sieh zu, dass du Land gewinnst«, winkte kurz und schloss die Wohnungstür, um wahrscheinlich endlich wieder mit ihrem Lover den letzten Fernsehabend zu genießen, statt mit zufällig hereingeschneiten Gästen verkniffen-nette Höflichkeiten auszutauschen.

Schweigend gingen Paula und ich die Treppen hinunter. Ich wusste nicht, wie viel sie von dem Gespräch und von Martha überhaupt verstanden hatte. Ich machte ein paar missglückte Erklärungsversuche, aber eigentlich hatte es keine Bedeutung mehr für mich, welchen Eindruck dieser Besuch in der Davidstraße bei ihr hinterlassen hatte. Ich war zu sehr damit beschäftigt, mich für mein Imponiergehabe, das Martha vollkommen übergangen hatte, unwohl zu fühlen und mir meinen kläglichen Verrat einzugestehen – oder vielmehr ihn mir innerlich schönzureden. Immerhin war der Versuch gescheitert, stellte ich mit einer Mischung aus Scham und Erleichterung fest, immerhin hatten sich Martha und das Leben auf Sankt Pauli solchen zutiefst Pinneberger Profilierungsversuchen gegenüber als resistent erwiesen, wodurch diese mir allerdings noch erbärmlicher erschienen.

Was Paula zu mir sprach, nahm ich kaum wahr. Ich glaube, sie ließ mich dann auch in Ruhe. Erst etwas später, bei einem Bier in der David-Quelle, die als Ausweichdekoration für meine Bemühungen, ihr Herz zu gewinnen, herhalten musste, war ich innerlich wieder anwesend, als sie mich fragte: »Ist die eigentlich immer so?«

»Wer?«

»Diese Martha.«

»Wie?«

»Ja, ich weiß nicht – so wie eben?«

»Unfreundlich?«

»Nein. Eher so – weggetreten – oder so unzugänglich?«

»Nein«, sagte ich, »Nein, nein.«

»Aha.«

»Nein, sie ist ein ganz freundlicher Mensch.«

»Ja?«

»Ja.«

»Aber irgendetwas stimmte doch nicht?«

»Ja«, sagte ich, »Ich.«

4 Mann und Frau

Martha hatte also einen Freund. Einen geheimnisvollen Wäschereibetreiber aus Langenhorn, einem kleinbürgerlichen Viertel im Nordwesten Hamburgs. Einen Mann, der dort Familie hatte – das hieß ja wohl: Frau und Kinder – und der nicht gerne in Marthas Wohnung, vermutlich nicht einmal in Sankt Pauli gesehen werden wollte. Andererseits: Sie kannten sich schon lange. Woher? Kam er ursprünglich auch vom Kiez? War er auch einer derjenigen, die es weggeschafft hatten und nichts mehr damit zu tun haben wollten, oder wenn doch, dann nur noch heimlich? War er ein früherer Freund oder Arbeitskollege von Ernst gewesen? Wo war er Martha wiederbegegnet oder sie ihm? Zufällig, in der Stadt? In der Altentagesstätte? Bei einem Seniorentreffen? Bei einer Spazierfahrt? Oder hatte Martha wieder den Kontakt gesucht und die Sache in die Hand genommen? Oder er? All das gab Anlass zu vielerlei Spekulationen, die allerdings erst wieder in den Vordergrund rückten, als Magdalena und ich wiederum ein Jahr später unsere Hochzeit vorbereiteten und der Plan zu einem gemeinsamen Leben in Hamburg in der alten Wohnung Gestalt annahm.

Unsere zeitweilige Trennung und mein qualvolles Verhältnis mit Paula, das kurze Zeit nach dem Sommerbesuch in der Davidstraße zu Ende gegangen war, hatten mir einige Dinge klargemacht und vor allem ein Bekenntnis zu Magdalena entstehen lassen, das in einem Heiratsantrag gipfelte, den sie entgegen- und annahm. Obwohl wir beide noch in Marburg und Frankfurt wohnten, sollte das Hochzeitsfest in Hamburg stattfinden, und zwar am 31. Dezember 1987. Das Datum lag nahe, da schon seit einigen Jahren viele Freunde den Jahreswechsel gerne in der Davidstraße feierten. Der Weg zu den Landungsbrücken am Hafen mit dem großen Feuerwerk und den lauten Schiffssirenen zum Jahreswechsel war nicht weit, und selbst von einem der Balkons der Wohnung war alles gut zu erleben für die, denen das Silvesterwetter zu kalt oder zu nass war, und für die Kinder, die, vom Lärm aus dem Schlaf gerissen, auch an dem Trubel teilhaben wollten, bevor sie erschöpft wieder ins eigens dafür eingerichtete Bettenlager kriechen konnten. Der Gang an den Hafen, um das Neue Jahr zu begrüßen, war damals noch nicht das in jedem Hamburg-Reiseführer empfohlene angeblich traditionelle Großereignis, zu dem er mittlerweile verkommen ist. Außerdem war die Wohnung im Vierten zu dieser Zeit nahezu unbewohnt und bot damit viel Platz zum Feiern. Auch Martha hatten wir eine Einladungskarte geschickt, mit dem Zusatz: »Natürlich auch mit Begleitung«. Während der Vorbereitungen, die wir zum Teil aus der Entfernung organisierten, hatten wir sie weder gesehen noch gesprochen.

Es sollte ein großes Fest mit vielen Freunden, Verwandten, Nachbarn und Kollegen werden – und es wurde eins. Vielleicht gegen elf Uhr an diesem Silvesterabend, als die Feier schon in vollem Gange war, als mehr als hundert Menschen in der

Wohnung tanzten, aßen, redeten und tranken, fasste Iris mich am Arm und rief mir ins Ohr: »Du, Michi – wo isch eigentlich die Martha?« »Keine Ahnung.« Sie guckte sich weiter um, fragte Magdalena, Freunde und Nachbarn, aber Martha war nicht unter den Hochzeitsgästen, und erstaunlicherweise hatte auch niemand mit ihr über das Fest gesprochen. »Du, Michi – weisch was? Vielleicht geht's ihr net gut? Vielleicht sitzet sie da obe und kann net runter? Sowas vergisst die doch net. Vielleicht isch ihr was zugstoße?« Iris schaute mich durchdringend an. Und obwohl ich ihre blühende Fantasie für Katastrophenszenarien kannte und ihre alarmierte Sorge nicht teilte, beschloss ich, kurz hochzugehen und mich zu vergewissern.

Auf mein Läuten hörte ich schlurfende Schritte hinter der Ihdeschen Tür, und dann erschien Martha.

»N'Abend, min Jung. Was machst du denn hier?«

»Hallo Martha? Was ist los? Kommst du nicht runter?«

»Wieso? Ich hab Besuch.«

»Dann bring ihn mit. Wir feiern heute Hochzeit.«

»Was?«

»Ja. Hast du unsere Einladung nicht gekriegt?«

»Moment –« Sie verschwand im Dunkel des Wohnungsflurs und kam mit der Einladungskarte zurück. »Diese hier?« Auf der Vorderseite der Karte war hinter dem Text WIR HEIRATEN ein Foto aus dem Buster-Keaton-Film *The Three Ages* zu sehen, auf dem er selbst und seine Filmpartnerin als Steinzeitmenschen in dürftiger Fellbekleidung inmitten einer ebenso bekleideten großen Kinderschar Hand in Hand und gewichtig in die Ferne schauend posierten, die Pappkeulen geschultert. Auf der Rückseite waren Datum, Uhrzeit und so weiter angegeben. Offensichtlich hatte Martha diese Einladung nur als einen weiteren Gruß aus der Ferne verstanden und sie zwischen die anderen Ansichtskarten dekoriert, ohne den umseitigen Text weiter zu beachten.

»Ja, genau. Steht doch alles drauf«, sagte ich erstaunt.

»Ich dachte, das wär'n Witz!«

Dann sah sie mich mit großen Augen an und ihr Gesicht entfärbte sich. Sie legte eine Hand auf ihre geöffneten Lippen und atmete hörbar ein.

»Oh Gott! Min Seuten, das tut mir leid! Oh Mann! Min Lütten! Entschuldige! Ich dachte, das wär'n Witz von euch!« Ich war in Eile, und ich war in bester Laune. Die Frage, warum sie unsere Heiratsankündigung ganz selbstverständlich als Witz aufgefasst hatte, ob das nur an dem Steinzeitszenario der Einladungskarte lag oder ob das mit ihren eigenen Hochzeits- und Eheerfahrungen zu tun hatte oder vielleicht mit ihrer Sicht auf Magdalena und mich überhaupt, kam mir damals gar nicht in den Sinn.

»Macht doch nix. Is ja noch nicht spät. Dann kommt doch jetzt runter. Hat ja gerade erst angefangen.«

»Ja, ja, mach ich. Aber er …« Sie deutete mit dem rechten Daumen über ihre Schulter in Richtung Wohnzimmer.

»Bring ihn doch mit.«

»Wir sind gar nicht angezogen dafür.«

»Egal!«

»Ja, ja. Aber ich hab auch gar nix für euch.«

»Völlig unwichtig!«

»Oh Gott!«

»Alles egal! Also – wollt ihr feiern oder nicht?«

»Was denkst du denn? Türlich.«

»Ich muss wieder runter.«

»Geh man. Wir machen so schnell wir können.«

Und kurz darauf waren sie da, Martha und ihr geheimnisvoller Freund, schickgemacht und eingedieselt. Sie hatten sich vor unserer Wohnungstür aufgestellt und ließen uns rufen. Als Magdalena und ich schließlich vor ihnen standen, gratulierte zunächst Martha und überreichte Magdalena einen Stapel gebügelter, zusammengelegter, gelb-orange gemusterter Bettwäsche, mit einem roten Band und einer großen Schleife darum: »Sind zwei Bezüge mit Kissen. Was anderes hab ich auf die Schnelle nich für euch! Aber is nur zweimal benutzt. Is wie neu. Und is gewaschen und geplättet! Geschenkpapier hab ich auch nich oben, nu muss das so gehen. Aber kommt von Herzen. Hier – viel Spaß darin.«

Sie lachte und wandte sich dann zu dem hinter ihr stehenden älteren Herrn im schwarzen Anzug. »Das ist ...« – der Name war nicht richtig zu verstehen, aber er war einsilbig, so etwas wie »Hopp« oder »App« oder »Upp«. Dann sagte sie, leiser und näher an Magdalenas Ohr: »Wir haben einen Anzug von Ernst rausgekramt. Passt zwar nich überall, aber steht ihm doch, oder?« Damit betrat sie die Wohnung, und ihr Begleiter folgte ihr und gratulierte uns ebenfalls.

Meine Erinnerung an seine Gestalt ist undeutlich, ich weiß noch, dass er eine starke Brille trug und nicht so hoch und so schlank war wie Ernst – es musste für ihn eine arge Mühe gewesen sein, sich in dessen Anzug zu quälen und darin eine Treppe hinunterzusteigen. Er hatte ein teigiges, leicht aufgedunsenes, rötliches Gesicht, und durch die dicken Brillengläser sahen seine Augen sehr groß und etwas erschrocken aus.

Mit ernster Miene ergriff er Magdalenas Hand, hielt sie fest in seiner und blickte ihr tief in die Augen. Dann neigte er sich wegen der gerade anschwellenden Lautstärke der Tanzmusik zu ihrem Ohr hin, um seine Gratulation loszuwerden. Auch diese konnte ich nicht verstehen, aber ich bemerkte, dass sie sehr knapp war. Und ich sah, wie Magdalena sich etwas unsicher lächelnd bedankte. Danach drehte er sich zu mir, nahm nun meine Hand in seine, drückte sie fest und sah auch mich ernst an. Dann näherte er sein Gesicht auch meinem Ohr, und ich hörte ihn mit unterdrückt leiser, leicht brüchiger Stimme sagen: »Ich sach nich viel – *kurze Pause* – Glückwunsch!« Damit drückte er noch einmal kräftig zu und folgte Martha, die bereits dabei war, andere Freunde und Nachbarn zu begrüßen, in die überfüllte Küche. Als das Gästegewühl die beiden verschluckt hatte, blickte ich zu Magdalena. Sie sah mich verwundert und etwas belustigt an. »Was hat er zu dir gesagt?«, fragte ich.

»Ich sach nich viel – Glückwunsch!«, sagte sie und lachte.

»Zu mir auch.«

Das brachte ihm den Namen *Ichsachnichviel* ein, vor allem auch deshalb, weil er im Verlauf des bis in den späten Morgen dauernden Festes, das sich noch über zwei weitere Abende langsam abklingend fortsetzen sollte, diese erste Ankündigung auf bestürzend konsequente Weise wahrmachte. Er hatte nicht zu viel versprochen, er sagte wirklich nicht viel. Tatsächlich hat *Ichsachnichviel* für den Rest jener Nacht kein Wort mehr von sich gegeben, jedenfalls nicht in meiner Gegenwart. Aber auch gelegentliche Nachfragen anderer Gäste, wer denn der stumme ältere Herr mit dem roten Kopf, den großen Augen und dem merkwürdig sitzenden schwarzen Anzug sei, bestätigten die Vermutung, dass seine erste Äußerung: »Ichsachnichviel – *kurze Pause* – Glückwunsch« nicht nur eine Gratulation, sondern vor allem eine geradezu programmatische Ankündigung gewesen war.

Lange Zeit während der nächtlichen Feier saß *Ichsachnichviel* abseits vom turbulenten Geschehen auf einer Klappbank, die wir wegen der Überfülle der Wohnung zusätzlich im Hausflur aufgestellt hatten, anfangs zwischen Kindern, die sich dort ausruhten und Berge von Süßigkeiten verschlangen, um sich danach wieder ins Festgetümmel zu stürzen, später zwischen einigen uns unbekannten Schotten, die sich auf dem Heimweg von den Sankt Pauli-Landungsbrücken nach Mitternacht unter die Hochzeitsgäste gemischt hatten, und öffnete seine Lippen nur, um stoisch und wortlos eine Flasche Bier nach der anderen leerzutrinken, während Martha im Trubel der Festgesellschaft untergetaucht war und sich zwischen den tanzenden und gesprächigeren Gästen wie ein Fisch im Wasser bewegte. Sie ließ sich gerne auffordern, tanzte, rauchte, aß, lachte und hustete.

Mehrfach, das bekam ich in all dem Getümmel noch mit, war *Ichsachnichviel* vor Müdigkeit oder alkoholisierter Benommenheit von der Bank gesackt und in unterschiedlich unbequemen Stellungen auf dem Boden des Treppenflures zum Liegen gekommen. Das erste Mal hatten mich die neu hinzugekommenen Schotten darauf aufmerksam gemacht: »Are you the groom? Okay. There's an old man in a dinner jacket lying on the floor outside. He doesn't talk. Doesn't say a word. Just breathing.« Als ich ihm zu Hilfe kommen wollte, hatte er sich bereits aufgerappelt und saß schon wieder in aufrechter Haltung und mit ernstem Gesichtsausdruck auf seinem angestammten Platz auf der Klappbank, den Anzug leicht bestaubt und etwas bekleckert. Auf meine Frage, ob alles in Ordnung sei, guckte er mich mit seinen durch die Brillengläser vergrößerten Augen eindringlich an und nickte langsam und nachdenklich mit dem Kopf. So verließ ich ihn. Im weiteren Verlauf der Nacht sah ich ihn bei gelegentlichen Blicken in den Hausflur mechanisch und mit langsamen Bewegungen eine Bierflasche zum Mund führen, bis sich erneut ein mähliches, stetiges, unabwendbares Zusammensinken seines Körpers bemächtigte.

Martha schien dieses traurige und einsame, dem eigentlichen Geschehen sich entziehende Verhalten oder besser Nicht-Verhalten ihres Freundes nicht zur Kenntnis zu nehmen. Ob es seiner Wesensart entsprach oder Ausdruck einer Missstimmung zwischen ihm und ihr war, blieb unergründlich. Sie jedenfalls feierte. Es war ein rauschendes Fest, und es wurde mit ihr durchaus noch rauschender. Sie genoss es, Mittelpunkt von Unterhaltungen zu sein, ihr lautes heiseres Lachen hören zu lassen, und sparte nicht mit durch die Zimmer gerufenen trocken-sarkastischen Bemerkungen und lebensgesättigten Kommentaren.

MANN, MÄDEL,
Du Braut, du!
Was siehst du gut aus!
Lass auch mal was für uns andere übrig!
HOLLA HOLLA!
Die Jungs wissen ja gar nich mehr, wo sie hingucken sollen. Bei Ratten nennt man das REIZÜBERFLUTUNG!
Lachen
Hab ich mal gelesen.
Ja, du, lesen kann ich auch.

Wenn ich die Brille finde!
Kennt ihr den Optikerschlager?
HEY, GUTT LUCKING!
Husten
Ja, hör bloß auf zu lachen, du Affe!
Zu Konstantin Du Schauspieler, du!
Ist das eigentlich schon die Feier hier, oder übt ihr noch?
Was sagst du?
Eben!
Wie lange muss ich denn noch warten, bis du mich aufforderst?
Na endlich!
Pass auf, wo du hintrittst.
EIN VOGEL WOLLTE HOCHZEIT MACHEN ...
Ich sach nur: FIDERALLALLA!
Husten
Ach, und Sie sind der Vater der Braut?
Gra-tu-la-zi-on!
Is ja ne edle Tanne!
Wie haben Sie die denn hingekriegt?
Sehen gar nich danach aus.
Naja, kommt ja auf die inneren Werte an!
Lachen
Ihde mein Name.
Angenehm.
DER AUERHAHN, DER AUERHAHN, DER SIEHT MICH ZIEMLICH SAUER AN ...
Du, Jungscher da, reich mir mal 'n Glas Sekt rüber!
Oder wird der hier für schlechte Zeiten gebunkert?
Ja, du, mit der Halbglatze!
Oder ist das ne Perücke?

Lachen
KIPPES!
Sagen die Finnen.
Ja, Finnisch kann ich auch.
Nicht, was du jetzt denkst!
Woher? Geht dich gar nix an.
Üxi Kaxi Kolbe!
Da guckt er!
FIDERALLALA!
Husten
Kirchenglocken, Feuerwerk, Schiffssirenen vom Hafen
So,
PROST!
NU IS ACHTUNDACHTZICH!
Wird ja keiner so alt hier – Keiner, sag ich euch!
Obwohl, ich kannte einen – rauchte nich, hatte nix mit Frauen, trank nich – und wurde am Ende Neunzich!
Auch nich schön!
Husten
Wo ist eigentlich mein LANGES HORN?
Meine Wäscherei?
Auf der Bank?
Was, jetzt?
Der is doch sowieso pleite.
Achso, im Flur.
Bestell ihm 'n schönen Gruß!
Wenn du zu Wort kommst!
Lachen
Naja,
Jeder, wie er's braucht!

Und ich dachte, das wär'n Witz!
Versteht ihr?
'n Witz!

Währenddessen hob und senkte *Ichsachnichviel* im Hausflur seine Bierflasche wie ein schwer betäubter Einarmiger Bandit. Über das Verhältnis jenes Mannes zu Martha wie über die andere Hälfte seines Doppellebens habe ich hinterher noch einiges, über ihn selbst habe ich bei dieser einen und einzigen Begegnung mit ihm eigentlich nur eines erfahren: Er hatte wohl manches von dem, was gemeinhin als begehrenswert gilt, er hatte eine Familie, Frau und Kinder, er hatte eine *Existenz* mit Haus, Auto und einer Wäscherei, er hatte offensichtlich Grundsätze und sogar eine heimliche Geliebte auf dem Kiez, und was für eine!, aber was Martha hatte, hatte er nicht: den verzweifelten Humor, der einen befähigt, das Leben momenteweise zu genießen.

Er blieb für uns auch später *Ichsachnichviel*, er wurde nicht zu *Jupp*, wie Martha ihn nannte. Jupp, als Abkürzung seines eigentlichen Vornamens Josef. Aber auch mit diesem Namen hatte er, wie wir später von ihr erfuhren, wenig Glück gehabt – in Langenhorner Kreisen war er als *Juppheidi* bekannt, weil seine Frau Heidemarie hieß und in der Wäscherei mitarbeitete. Aus Josef wurde Jupp, aus Heidemarie Heidi, sie zu Jupps Heidi und er zu Juppheidi, was, vorausgesetzt, dass er dort nicht eine vollkommen gegenteilige Wesensart an den Tag legte, ja nur Hohn und Spott bedeuten konnte. Aber vielleicht war diese Namensverbindung – noch schlimmer – auch nur ein in aller vorgeblichen Unschuld nett gemeinter Langenhorner Spaß, dessen verletzende Botschaft niemandem mehr zu Bewusstsein kam. Martha jedenfalls schien darum zu wissen und nannte ihn nicht Juppheidi, sondern nur Jupp – hier, auf dem Kiez, bei ihr, war Juppheidi ein Jupp ohne Heidi. Er war ein Jupp jenseits von Heidi. Heidi blieb ja in Langenhorn.

Ob Heidi von Martha wusste, obwohl sie es natürlich offiziell nicht wusste? Wie immer – wahrscheinlich ja. Ob es sie kümmerte? Und wo war Heidi an diesem Silvesterabend? Wie hat sie diesen Jahreswechsel verbracht, an dem Martha tanzte und Jupp von der Klappbank sackte? Welcher Krieg zwischen Jupp und Heidi tobte, welcher zwischen Jupp und Martha, welcher zwischen Heidi und Martha, weiß ich nicht. Aber Jupps nach außen abgeschlossenes und beängstigend ruhiges Betäubungstrinken ließ mich ein großes Gelände verbrannter Erde in seinem Inneren vermuten. Was er da so in sich niedertrank, war mir nicht geheuer. Er besaß weder Ernsts Freundlichkeit noch Marthas Hemmungslosigkeit, dieser sprachlose menschliche Dampftopf, dessen zu erwartende Explosionen sich, zumindest an diesem Abend, in regelmäßige Implosionen verwandelten. Zwischendrin fragte ich mich, ob *Ichsachnichviel* ein *Ichsachnichmehrviel* oder ein *Ichhabnochnievielgesacht*, ob er ein *Ichhabnichtszusagen* oder ein *Ichsachnichvielaberichhättevielzusagen* sei.

Ich, Sach, Nich, Viel, Glückwunsch.

Fünf Wörter in sechs Stunden.

Immerhin hatte er das zweimal gesagt, zu Magdalena und zu mir.

Also zehn Wörter.

In sechs Stunden.

Während einer Hochzeitsfeier.

Auf einem Neujahrsfest.

Das.
Ist.
Wenig.

Irgendwann im Morgengrauen, als sich allgemeine Erschöpfung und Müdigkeit ausbreiteten, als auf den Tischen, auf den Fenstersimsen und in den Ecken nur noch Gläser mit Neigen und leere Flaschen, überfüllte Aschenbecher, abgebrannte Kerzen und abgegessene Teller zu sehen waren, als nur noch wenige Gäste zu langsamer Musik müde tanzten, als wir die Balkontüren öffneten, um die Mischung aus Tabakrauch, Alkoholdunst und Schweißgeruch abziehen zu lassen, die in den Räumen stand, verabschiedete sich auch Martha von uns, weckte ihren mittlerweile schlafenden, aber immer noch, bis auf den auf die Brust herabgesunkenen Kopf, aufrecht auf seiner Bank sitzenden Freund, »Jupp, wir gehen! Abfluch!«, nahm ihm eine letzte Bierflasche aus der Hand, stellte sie neben ihm ab, half ihm hoch, ließ ihn stehen und erklomm mühsam die Treppe ins höhere Stockwerk. Er schloss stehend seinen Hosenbund, den er, wie jetzt sichtbar wurde, ziemlich weit offen getragen hatte, ruckte mit mehreren kurzen Schulterbewegungen das unbequeme Anzugjackett zurecht, wühlte kurz in seinen Taschen, zog aus einer ein lilafarbenes Stofftaschentuch hervor, wischte sich damit Stirn, Mund und Nacken trocken, rieb danach auch noch die Hände ab und folgte Martha unerwartet zielsicher und kaum schwankend nach oben, ohne sich umzuwenden und ohne Abschiedsgruß.

Wir schauten den beiden nach.

»Ein arger Mann«, sagte Iris hinter uns.

5 Frau und Mann

In der Zeit nach unserer Hochzeit, als ich während des Sommers 1988 die Wohnung in der Davidstraße für unseren Wiedereinzug renovierte, blieben meine Begegnungen mit Martha spärlich. Bisweilen bat sie mich um kleine Gefälligkeiten, zum Beispiel darum, ihr Kohlen vom Dachboden zu holen oder den großen Hamburger Kachelofen in der Stube anzufeuern oder unten abgestellte Einkaufstaschen hochzutragen. Aber die wirklichen Unterhaltungen waren für Magdalena reserviert, die, so oft sie konnte, aus Marburg nach Hamburg kam – als Gespräche von Frau zu Frau, von denen ich ausgeschlossen blieb. »Hör weg, wir Mädels haben was zu besprechen!« Damit hakte sie Magdalena unter und zog sie in ihre oder unsere Küche. Vieles wollte sie wissen: Ob ich gut im Bett sei, ob wir Kinder wollten, wie viele, ob wir uns wirklich, aber wirklich liebten, ob ich Magdalena und gegebenenfalls Kinder ernähren könne. Auch Gespräche mit Iris mied sie, weil Iris ihr »zu streng« war. »Du, Martha – weisch was?«, hatte diese noch bei einer der dem Hochzeitsfest nachfolgenden Restefeiern auf Martha eingeredet, »Das geht doch net, mit dem Jupp! Der kann dich doch net so behandle! Der muss sich doch entscheide! Entweder diese Heidi oder du! Der isch doch alt genug dafür! Das muscht du ihm doch sage! Hü oder hott! So kann man doch net lebe als erwachsener Mensch! Dass du des mit dir mache läscht!« Martha hatte ihr lächelnd zugehört, um ihr dann am Ende kurz zu bescheinigen: »Weißt, min Seuten, das verstehst du nich!«

Ichsachnichviels übrigens wurden wir nicht mehr ansichtig, obwohl Marthas Verhältnis mit ihm andauerte. Aber es gab weder Gerüchte noch Neuigkeiten, was ihn betraf, und Martha selbst kam nicht auf dieses Thema zu sprechen.

Einige Zeit später traf ich sie vormittags im zweiten Stockwerk des Hausflures, wo sie, in Hockstellung und das Gesicht auf eine dämmrige Wandecke gerichtet, irgendetwas mit Papiertaschentüchern bewerkstelligte und dabei leise vor sich hin fluchte. Auf meinen Gruß schrak sie zusammen, und auf meine Frage, was sie da treibe, ließ sie sich stöhnend von mir aufhelfen. Dann erzählte sie, Titus habe mal wieder in die Ecke gepisst. Sie habe mit ihm runter auf die Straße gehen wollen, aber sie sei einfach nicht mehr schnell genug für sowas. Sie habe ihn deshalb ausgeschimpft und oben eingeschlossen, aber es sei eben alles zu viel für sie und sie würde das alles auch sowieso nicht mehr mitmachen. »Was alles mitmachen?«, fragte ich sie. Daraufhin lehnte sie sich schwer seufzend mit beiden Unterarmen auf das Treppengeländer und blickte den Treppenschacht hinunter. Es wurde dunkel. Die Dreiminutenschaltung der ohnehin spärlichen Flurbeleuchtung war abgelaufen. Ich drückte auf den rötlich glimmenden Knopf und stellte mich neben sie an das Geländer.

Licht an.

»Was' los?«

»Ich hab Schluss gemacht.«

»Mit Ichsach... äh ... mit Jupp?«

»Der! Den hab ich in die Wüste geschickt!«

Aus dem, was sie nun erzählte – sie hätten Streit gehabt, und nicht den ersten Streit, er habe sie schwer beleidigt, vor allem aber habe er auch ein Perlenarmband von ihr mitgehen lassen, um seine Wäscherei vor der Pleite zu retten –, wurde ich nicht recht schlau. Es war eine Anhäufung wüster Beschimpfungen und irrationaler Beschuldigungen gegen ihren Ex-Freund, die mir weniger mit tatsächlichen Vergehen zu tun zu haben schienen als vielmehr mit tief verletztem Stolz. Ich fragte noch einmal nach dem gestohlenen Perlenarmband – ein Perlenarmband, um einen Wäschereikonkurs abzuwenden? »Naja«, sagte sie, »ich hab's heute Morgen beim Saugen unterm Bett gefunden. Hab erstmal die ganze Wohnung geputzt, als er weg war. Feigling! Arschloch! Der war gestern schon so komisch, wie er ankam. So verdruckst. Aber nochmal schön ins warme Bett zu mir. Der feige Hund! Und kein Ton gesacht. Und erst als ich ihn frach, wann er nächste Woche Zeit hat – hör bloß auf! Musst ich ihm auch noch alles aus der Nase ziehn!«

»Hat er dich sitzenlassen?«

»Is trotzdem besser so. War sowieso'n Spießer. Is nur hergekommen, um sich von seiner Heidi zu erholen. Hat mich beschissen von vorne bis hinten. Aber beleidigen lass ich mich nicht!«

»Pam«, dachte ich, »Pam aus *Gerettet!*«

Licht aus.

Dunkel.
Knopf drücken.
Licht an.

Sie seufzte. »Kannst du mal den Rest da wegmachen? Ich schaff das alles nicht mehr.« Sie gab mir eine Packung Papiertaschentücher und eine leere Plastiktüte, und ich fing an, die Hundepisse aufzuwischen und die vollgesogenen Urinklumpen in die Tüte zu stopfen. »Muss man nachher nochmal nass wischen, sonst stinkt das im ganzen Haus«, sagte sie.

»Lass man, ich mach das schon.«

»Danke, min Jung. Ich weiß nich, ich weiß nich.« Sie hustete ausdauernd. »Ich weiß nich, wie das gehen soll – mit Männern und Frauen. Das geht ja alles gar nich. Das kann ja gar nich gehen. Wie soll das denn gehen?«

Ich blickte hoch und sah die Silhouette ihres gekrümmten Körpers über dem Gestänge der Treppenbrüstung, ihren in alle Richtungen abstehenden Haarschopf dicht neben dem auf einen Fluchtpunkt in der Raumtiefe hin laufenden Handlauf.

»Das sagst ausgerechnet du? Wie lange warst du mit Ernst zusammen?«, fragte ich sie.

»Jaja, das war auch nicht ohne. Aber alleine is eben noch schlimmer.«

»Komm, Martha. Ich hab vor einem Dreivierteljahr geheiratet, und du hast kräftig mitgefeiert. Was sind das denn für Aussichten, wenn das die Bilanz deiner Erfahrungen mit Männern ist?«

Licht aus.
Dunkel.

Knopf drücken.
Licht an.

»Du hast da ja was Feines abbekommen, min Jung. Behandel sie gut, das sag ich dir!«

Stille.

»Weißt du, bei uns war im Bett ja sowieso nich mehr viel los. Darum ging's auch gar nich. Mir jedenfalls. Aber ich wollt mich einfach um jemand sorgen können.«

Stille.

»Mann, was'n Feigling!«

Ich hatte das letzte Taschentuch verbraucht, die Urinpfütze war nahezu verschwunden und nur noch eine feuchte Glanzschicht war in der Ecke übrig geblieben.

»Das geht alles gar nich. Gar nich. Überhaupt nich.«

Licht aus.
Dunkel.
Knopf drücken.
Licht an.

Ich stellte mich mit der halbgefüllten stinkenden Tüte wieder neben sie an die Brüstung.

»Trotzdem – weißt du, es gibt so Dinger, die gehen nur zwischen Frau und Mann. Ich mein jetzt nicht das eine. Das geht ja überall. Aber so manchmal – nachts im Bett – wenn man so reden kann – so leise. Manchmal. Das ist dann gut.«

Es war die intimste Äußerung, die ich je von Martha gehört hatte. Und ich wusste nichts darauf zu sagen. Ich war zutiefst gerührt, aber es war mir unmöglich, dem in irgendeiner Form

Ausdruck zu verleihen, überhaupt nur zu erkennen zu geben, dass ich es gehört, verstanden, wahrgenommen hatte. Nach einer Weile sagte ich stattdessen – und noch während ich es aussprach, wurde mir bewusst, wie unpassend und dumm es klang: »Naja. Kommt schon noch ein anderer.«

Martha schaute mich erschöpft von der Seite an. Dann blickte sie wieder in Richtung der aufsteigenden Treppenstufen und schüttelte ihren Kopf.

»Nee, ich nehm keinen Mann mehr mit hoch. Ich nehm keinen Mann mehr mit hoch, du.«

Licht aus.
Dunkel.
Knopf drücken.
Licht an.

»Gefällt euch die Bettwäsche?«

»Ja. Ist schon aufgezogen.«

»Freut mich. War auch ganz neu. Nur zweimal benutzt. Und gute Qualität.«

Die Unterhaltung über Jupp, über Männer und Frauen war für sie offensichtlich abgeschlossen.

»Äh, stinkt das!«

»Ja, ich bring mal den Beutel nach unten.«

»Danke, min Jung. Und grüß deine Zimmerlinde.«

Sie stieg die Treppe hinauf, und ich ging hinunter, um die Plastiktüte mit den verpissten Papierklumpen in einem der Müllcontainer loszuwerden, die in einem nur von der Erichstraße aus zugänglichen, ewig stinkenden kleinen Raum mit zerstörter Schließvorrichtung untergebracht waren.

Licht aus.
Dunkel.
Zur Haustür raus.
Tageslicht eines kaum bewölkten Frühlingstages.

Als ich um die Ecke Davidstraße, Erichstraße bog, trat aus der Spielhalle, die mittlerweile in den Räumen der ehemaligen Washington Bar II unten im Hausparterre eingerichtet worden war, torkelnd ein betrunkener junger Mann, mit Strickmütze und Schal irgendeines aktuellen FC-Sankt-Pauli-Gegners dekoriert, und sang oder vielmehr grölte lautstark, eine Bierdose in der Hand:

ICH HAB URAN IM URIN
JA, DA HILFT KEIN ASPIRIN
MUSS NUR
ZUR KUR
SACHT DER AAZ
IN DEN HAAZ

während er, die Dose über Kopfhöhe schwenkend, zwischen warnend hupenden Autos hindurch die Straße überquerte, um an der gegenüberliegenden Brauereimauer sein Wasser abzuschlagen.

6 Gelb I

ICH HAB URAN IM URIN.

Wenn es eine Farbe gibt, in die die Erinnerungen an das letzte Jahr mit Martha getaucht sind, so ist es die Farbe Gelb.

Gelb – die Farbe des Urins. Urin-Gelb.

Oder sattes Safran-Gelb – die Farbe der breiten Querstreifen auf der Bettwäsche, die sie uns zur Hochzeit geschenkt hatte. Diese Bettwäsche hat Martha überlebt. Es hat mich schon immer tief empört, dass Dinge Menschen überdauern dürfen. Ich finde den Gedanken auch heute noch demütigend, dass zum Beispiel die Brille, die ich beim Schreiben aufsetze und die ich selbst schon geerbt habe – die also schon jemanden überlebt hat –, immer noch da sein wird, wenn auch ich nicht mehr existiere. Diese Empörung entspringt sicher dem kindlich-egozentrischen Wunsch, mit einem selbst möge auch die Welt untergehen, und der Vorstellung der eigenen Unersetzlichkeit, die wohl insgeheim niemand aufgibt. Marthas gelbe Bettwäsche jedenfalls, von der sie ja schon angekündigt hatte, sie sei sehr gute Qualität, hat lange gehalten. Und wir hatten tatsächlich viel Spaß darin, allerdings nicht nur Spaß ... andere Geschichte, weiter!

Urin-Gelb.

Bettwäsche-Gelb.

Oder Zitronengelb – die Farbe von Marthas neuem Haus- oder Morgenmantel. Wenn es eine Farbe gibt, so ist es Gelb, und wenn es ein Bild gibt für die Martha ihres letzten Lebensjahres, so ist es das ihrer Gestalt in diesem gelben Hausmantel. Denn diesen Hausmantel, den sie bei Tchibo günstig erstanden hatte, trug sie von nun an fast immer. Ich habe sie, soweit ich mich entsinnen kann, nie mehr anders als in diesem Frotteehausmantel mit weißer Kordel gesehen – mal offen getragen, mal zugeschnürt, mal über einem Kleid, mal nur über ihrem Unterzeug, mal über einer dicken Wolljacke mit Wollstrümpfen und Pantoffeln an den Füßen. Sie trug diesen gelben Hausmantel mit der Selbstverständlichkeit, mit der sie bis dahin Pumps, Schmuck und tiefe Dekolletés getragen hatte, und er war ein deutliches Zeichen dafür, dass sie von all dem Abschied genommen hatte, dass sie keinen Wert mehr darauf legte, dass Männer sich nach ihr umdrehten, dass sie kein Leben mehr außerhalb ihrer Wohnung zu führen gedachte oder sich dazu nicht mehr in der Lage fühlte. Er war ein Zeichen ihrer zunehmenden Schutzbedürftigkeit wie ihres steigenden Verlangens nach Wärme, die Ummantelung ihres wachsenden Insichgekehrtseins.

Sie trug ihren gelben Hausmantel, als wir sie im Spätherbst dieses Jahres auf dem Sofa eingenickt fanden und sie wachrüttelten, nachdem wir alle Fenster der Wohnung aufgerissen hatten – Iris, Magdalena und ich. Ich hatte den Geruch nach Verbranntem schon unten im Hausflur wahrgenommen, war ihm gefolgt und schließlich bei Marthas Tür gelandet. Auf Klingeln, Klopfen und Gegen-die-Tür-Hämmern hatte zwar der Hund in der Wohnung laut gebellt, aber von Martha war kein Zeichen zu vernehmen gewesen.

Ich beratschlagte mich mit Magdalena, die mir sagte, bei Iris liege ein Ersatzschlüssel für die Ihdesche Wohnung. Iris aber war nicht da, und wir wussten nicht, wie und wo wir sie erreichen konnten – es war die Zeit vor den Mobiltelefonen. Ich klingelte und klopfte noch einmal – wieder nur das Bellen von Titus, und als wir kurz davor waren, die Feuerwehr zu rufen und die Tür aufbrechen zu lassen, erschien Iris endlich, und wir konnten in die Wohnung hinein. Wir stolperten durch Rauchschwaden in die Küche und fanden auf dem Herd einen Topf mit einem Bodensatz einer eingebrannten schwärzlichen Masse. Wir öffneten Fenster und Oberlichter und entdeckten Martha in der Ledergarnitur, den Kopf über einer Armlehne leicht nach hinten gekippt und mit geöffnetem Mund leicht schnarchend. Auf dem Glastisch standen eine Likörflasche, ein Glas und eine Packung Schmerzmittel. Wir rüttelten Martha wach und führten sie ans offene Fenster. Nach und nach tauchte sie aus ihrer tiefen Benommenheit auf, klagte über heftige Kopfschmerzen und erzählte uns, sie habe sich Erbsensuppe aufwärmen wollen, was aber danach geschehen sei, daran könne sie sich nicht mehr erinnern. Dann fuhr ihr der Schreck in die Glieder, wir hievten sie in einen Sessel, und sie bedankte sich immer und immer wieder bei uns, wir hätten ihr das Leben gerettet, sie hätte ersticken können, das Haus hätte abbrennen können und dergleichen mehr.

Allmählich hatte sich der Rauch verzogen, und nur der scharfe Geruch der verbrannten Mahlzeit hing noch in den Zimmern, in den Kleidern und Haaren. Verschreckt, wie Martha war, entlockte ihr Iris durch strenges Nachfragen nach der

Packung Schmerzmittel das Eingeständnis, dass sie seit einiger Zeit anfallsweise heftige Schmerzen im Unterleib habe und regelmäßig eben diese Mittel dagegen nehme, die sie sich in der Apotheke selbst besorgt habe. Heute sei es wieder soweit gewesen und sie habe sich, nachdem sie zwei Tabletten geschluckt und dann den Topf für ihr Mittagessen auf den Elektroherd gesetzt habe, nur noch kurz ein Likörchen zur Entspannung genehmigen und sich auf der Couch ausstrecken wollen, um die Wirkung der Pillen abzuwarten. Während Magdalena und ich uns besorgt nach ihren Schmerzen erkundigten, geriet Iris in Zorn über, wie sie es nannte, »so viel Dummheit, Unaufmerksamkeit und verschtockte Verantwortungschlosigkeit dem eigene Körper und dem eigene Lebe gegenüber« und hielt der verstörten Martha, die ihren Kopf mit beiden Händen umfasst hatte, eine glühende Standpauke, die darauf hinauslief, dass sie uns versprechen musste, an einem der nächsten Tage einen Arzt aufzusuchen und sich wegen ihrer Schmerzen untersuchen zu lassen.

JA, DA HILFT KEIN ASPIRIN.

Sie trug ihren gelben Hausmantel, als ich sie einige Tage später im Hausflur in einem heftigen Streit mit dem Hausmeister antraf. Er warf ihr vor, sie könne sich eben keinen Hund halten, wenn sie es nicht mehr schnell genug nach unten schaffe zum Gassigehen. Sie solle sich dann jemand dafür engagieren, es gehe aber nicht an, dass der ganze Hausflur alle zwei Tage nach Hundepisse stinke. Das könne man den anderen Mietern nicht zumuten – hier guckte er mich an – und sie selbst sei ja wohl offensichtlich auch nicht mehr in der Lage, die Urinpfützen rückstandslos aufzuwischen. An die Formulierung »rückstandslos aufwischen« erinnere ich mich besonders deutlich. In der Tat waren in letzter Zeit viele Pfützen im ersten und zweiten Stock aufgetaucht. Martha erduldete die Zurechtweisungen dieses sie um zwei Köpfe überragenden Mannes wie ein Schulkind die eines verhassten Lehrers, mit herabgezogenen Mundwinkeln und gesenkten Augen, Titus an der Leine.

Ich huschte vorüber, ich wollte nicht Zeuge dieses für sie demütigenden Gesprächs sein und verwarf die kurze Erwägung, den Abgang des Hausmeisters abzuwarten und sie nach dem Ausgang ihres Arztbesuches zu fragen. Dann folgten wieder viele Wochen in anderen Städten für mich, und nur von Iris bekam ich telefonisch übermittelt, angeblich habe man bei Martha nichts Konkretes feststellen können. Dafür habe sie jetzt eine Zugehfrau genehmigt bekommen, die ihr im Haushalt helfe, den Hund ausführe und ihre Einkäufe erledige und die sie nach Kräften rumkommandiere. »Aber, Michi – weisch was? – *Pause im Telefon* – Ich trau dem Brate net!«

SACHT DER AAZ.

Sie trug ihren gelben Hausmantel, als ich ihr am Ausgang des folgenden kalten Winters zwei Schütten Eierkohlen und einen Eimer Briketts vor ihren großen Kachelofen stellte, nachdem sie bei uns unten angerufen und gefragt hatte, ob wir ihr ein paar Kohlen leihen könnten. Mir war sofort klar gewesen, dass sie im Moment kein Geld hatte, um sich welche liefern zu lassen, dass sie das aber nicht sagen mochte, weil es ihren Stolz verletzte. Als ich dann die Wohnung betrat, bemerkte ich erstaunt, wie warm es dort war – der Ofen glühte. Deshalb, begriff ich, deshalb also waren ihr die Kohlen schon jetzt, im März, ausgegangen, weil sie die Wohnung so doll überheizte, weil sie ein körperliches Kältegefühl nicht mehr loswurde, weil ein ständiges innerliches Frösteln sich ihrer bemächtigt hatte.

Dieses Mal fragte ich sie beiläufig nach der neuesten ärztlichen Diagnose, aber sie winkte nur ab und sagte, die könnten da noch nix Genaues sagen, da sollten irgendwelche Befunde abgewartet werden, sie müsse bald wieder hin. Übergangsweise habe sie andere Schmerzmittel verschrieben bekommen, mit denen sie ganz zufrieden sei.

MUSS NUR.

ZUR KUR.

Sie trug ihren gelben Hausmantel, als ich ihr Ende Mai erzählte, dass Magdalena schwanger sei, dass wir ein Kind erwarteten und dass dieses Kind höchstwahrscheinlich in ihrer gelborangenen Bettwäsche entstanden sei. Sie strahlte, sie lachte und lud mich auf einen Likör ein. Ich lehnte ab, mit dem Hinweis auf ihren angeschlagenen Zustand, aber sie wischte meine Bedenken beiseite, indem sie sagte, ich solle ihr und mir das Vergnügen gönnen, denn es sei vielleicht sowieso der letzte, sie müsse Anfang der folgenden Woche ins Krankenhaus, es bestehe Verdacht auf Blasenkrebs.

Wir tranken Likörchen.

ICH HAB URAN IM URIN.

Hausmantel-Gelb.

Bettwäsche-Gelb.

Urin-Gelb.

Meine Erinnerungen an diese Zeit verblassen oder sie überlagern sich, sie gehen ineinander über, genaue Begegnungen und Gespräche, einzelne Situationen sind schwer auszumachen, die Zeitabstände sind mir zweifelhaft, welche Begebenheit war vor oder nach welcher, alles verschwimmt in diesem Bild von Martha in dem sie umgebenden, bald gewohnten gelblichen Schimmer ihrer selbstgewählten, übergestreiften

Behausung, Schutzhülle, Ummantelung, Verpanzerung, aus der nur Hals, Kopf, Hände, Finger, Beinenden und Füße hervorsahen. Und es ist, als hätte dieser Mantel sie zunehmend verhüllt, wie ein sich schließender Theatervorhang, als hätten die herausschauenden Körperteile sich mehr und mehr darin verborgen, sich da hinein zurückgezogen wie in ein Schneckenhaus oder wie in einen Schildkrötenpanzer oder als wären sie zusehends abgemagert, verkümmert, geschrumpft, so dass als letzter Eindruck nur noch der matte zitronengelbe Schein des Stoffes übrig bleibt, wie der phosphoreszierende Glanz eines Leuchtkäfers in der Dämmerung.

JA, DA HILFT KEIN ASPIRIN.

7 Gelb II

Sie trug ihren gelben Hausmantel von diesem Zeitpunkt an wahrscheinlich schon in dem Bewusstsein, dass sie nie mehr etwas anderes tragen würde. Sie hatte sich schon in ihm eingerichtet.

Urin-Gelb.

Bettwäsche-Gelb.

Hausmantel-Gelb.

Oder das Gelb der Forsythien, die auf dem Nachttisch neben ihrem Krankenhausbett im Allgemeinen Krankenhaus Altona standen, als ich sie während ihres ersten Aufenthaltes dort an einem Sonntag besuchte. Es war ein Dreibettzimmer mit einer vor sich hindämmernden älteren Frau im Nebenbett und einer von Besuch umringten weiteren Patientin im dritten Bett. Marthas Platz war der nächste zum Fenster hin, durch das die nachmittägliche Sommersonne schien. Es roch nach Krankenhaus, es war diese Mischung aus Blumenduft, Putzmitteln, Parfüm, Urin und Medikamenten, die mir immer, vielleicht weil sie so besonders neutral zu sein vorgibt, so optimistisch-aseptisch, so künstlich ist, sofort einen trockenen Mund verursacht, mir den Hals abschnürt, während zugleich ein säuerlich-bitterer Geschmack die Speiseröhre hinunterwandert. Es ist ein Science-Fiction-Geruch, der Geruch eines anderen Universums, in dem andere Dinge von anderer Wichtigkeit sind als außerhalb dieser Mauern. Auch die Töne sind andere – leise, gedämpfte Stimmen in halligen, kaum möblierten Räumen, die nahezu lautlosen Bewegungen des Personals in den Zimmern und die weithin vernehmbaren Schritte der Besucher in Straßenschuhen auf den Fluren.

Martha wollte nicht in diesem Forsythien-geschmückten Zimmer bleiben. Also gingen wir auf eine Terrasse am Ende des breiten Korridors der Station. Rauchen war ihr streng verboten worden, und noch hielt sie sich daran. Sie zeigte mir den »Pissbüdel«, den sie unter ihrem gelben Hausmantel trug und der von jetzt ab bis zu ihrem Tod ihr ständiger Begleiter, ihre unablässige Qual und Last und der greifbare Beweis ihres körperlichen Verfalls werden sollte. Sie erzählte, wie man ihr Katheter und künstlichen Blasenausgang gelegt hatte, wie sie sich schon an den Umgang damit gewöhne, welche Teile der Blase man schon habe entfernen müssen, wann sie vermutlich wieder nach Hause komme, wann und ob sie vielleicht nochmal »rein« müsse, dass sie Titus vermisse, den sie in Pflege gegeben hatte.

Sie erzählte viel und ausführlich über die Operation und über ihr Leiden, aber ich habe das meiste davon vergessen oder damals schon gleich verdrängt oder überhört oder nicht wirklich aufgenommen. Es war mir unangenehm, sie so zu sehen, so dem Verfall preisgegeben, so mit dem Verlust ihrer Selbständigkeit, mit der Abhängigkeit von Medizin und Pissbeutel einig, so den körperlich schlechten Zustand als allumfassendes Selbstgefühl annehmend. Und zwischen Mitleid und Ekel schwankend, zwischen widerwilligem Desinteresse und halbherzig besorgten, belanglosen Aufmunterungsversuchen, hörte ich ihr zu, während wir von hoch oben auf den lieblos begrünten Klinikhof hinabsahen. Am deutlichsten in Erinnerung geblieben von diesem Besuch ist mir ihre öfter geäußerte Freude über Magdalenas Schwangerschaft, ihre Erwartung, das Baby im Arm zu halten, ihre Frage, was es denn werde, ein Junge oder ein Mädchen, was wir uns denn mehr wünschten und welche Namen wir uns vorstellen könnten.

Urin-Gelb.

Bettwäsche-Gelb.

Hausmantel-Gelb.

Forsythien-Gelb.

Oder das Gelb an der Innenseite ihres rechten Mittel- und Zeigefingers, das von den vielen Zigaretten herrührte, die sie in ihrem Leben geraucht hatte, und das mir zum ersten Mal wirklich auffiel, als sie die Hand ausstreckte, um auf einen Knopf des Anrufbeantworters zu drücken, den wir ihr kurz nach diesem ersten Krankenhausaufenthalt geschenkt hatten. Es fiel mir deshalb auf, weil mir ihre Finger auffielen, die lang und dünn geworden waren, knochig und mager, und weil die Bewegung, die sie vollführten, weil das Strecken des ganzen Armes bis in die Fingerspitzen, das notwendig war, damit die Taste erreicht werden konnte, ohne dass sie sich aus dem Sessel erheben musste, in dem sie, von ihrem gelben Hausmantel umgeben, tief eingesunken saß, weil diese Bewegung eine plötzlich ungewohnt mühsame, unsichere und leicht zitternde war, als wäre die Entfernung eine nur mit äußerster Anstrengung zu überwindende und der Zielpunkt der Bemühung bis zum letzten Moment ungewiss. Die Fingerspitzen schoben sich langsam aus dem gelben Mantelärmel heraus in einem großen

Bogen durch den Raum der Maschine zu, und ich sah zum ersten Mal deutlich die vom Rauch vergilbten Partien in der von Falten durchzogenen, verwitterten, dünnen Haut des am weitesten ausgestreckten Zeigefingers und dann auch die gegenüberliegenden bräunlich-gelben Flecken am träge schräg nach unten abgewinkelten Mittelfinger. Es war nichts sonst mehr da, was von der Nacktheit dieser ausgezehrten Hand ablenken konnte, weder Ringe noch Armreifen noch lackierte Fingernägel noch herabhängende Ärmel.

Martha war aus dem Krankenhaus zurückgekehrt und kam recht und schlecht mit der Urintüte zurande. Sie rauchte wieder – und trank bisweilen wohl auch –, und die Wohnung roch immer ein bisschen nach Urin. Sie gestand es nicht ein, aber es war klar, dass ihr manchmal der Beutel aus- oder übergelaufen war, dass sie ihn nicht rechtzeitig ausgeleert oder entsorgt hatte oder zu spät einen neuen wieder an den länglichen durchsichtigen Plastikschlauch angeschlossen hatte, der, vom gelben Hausmantel verdeckt, irgendwo in oder an ihrem Körper ansetzte und dessen anderes Ende in den Urinbehälter mündete. Auch diesen trug sie sorgsam unter dem Mantel verborgen, aber bei vielen Bewegungen, beim Hinsetzen und beim Aufstehen, wurde er sichtbar. Anfangs schien ihr das unangenehm zu sein, aber irgendwann war es ihr gleichgültig und sie kümmerte sich nicht mehr darum.

Den Anrufbeantworter, die »Sabbelmaschine«, wie sie ihn nannte, hatten wir ihr geschenkt, weil sie sich darüber beklagt hatte, dass sie nicht mehr so schnell ans Telefon komme und oft erst den Hörer abnehmen könne, wenn der Anrufer bereits wieder aufgelegt hätte. Es war, wie gesagt, die Zeit vor den schnurlosen Telefonen, und auch Anrufbeantworter waren noch nicht sehr verbreitet, vor allem nicht in Haushalten wie jenen in der Davidstraße. Die Sabbelmaschine war ein kleines Gerät mit einer sehr kleinen eingelegten Kassette, und Martha hatte in unserer Anwesenheit und mit unserer Hilfe ihre Ansage darauf gesprochen: *Guten Tag. Hier ist der Anschluss Ihde. Ich kann jetzt nicht ans Telefon gehen. Bitte hinterlassen sie mir doch eine Nachricht. Vielen Dank.*

Der Nachmittag, der mit dem Besprechen der Ansage vergangen war, war ein sehr schöner und gelöster gewesen. Immer wieder hatte sie sich fasziniert ihre eigene Stimme auf dem Band angehört, und es hatte viele Versuche gebraucht, bis sie mit ihrer Mitteilung zufrieden gewesen war. Und selbst dann waren ihr noch einmal Zweifel gekommen – *Hier ist der Anschluss Ihde?* oder *Hier ist der Anschluss Martha Ihde?* oder *Hier ist der Anschluss Ernst und Martha Ihde?* Wir hatten sie schließlich beruhigt – so, wie es sei, sei es gut –, und ich hatte ihr die Funktionen der Tasten und Knöpfe erklärt – Löschen, Zurückspulen, Ein- und Ausschalten –, und all das hatte sie genossen.

Ihre Haushaltshilfe hatte sie verlassen, es hatte zwischen ihnen »atmosphärische Störungen« gegeben, wie ich von einer anderen Nachbarin berichtet bekam, aber Iris meinte dazu, Martha habe die arme Frau schlicht und einfach tagein tagaus schikaniert und rumkommandiert. Nun war ein Zivildienstleistender in Aussicht gestellt, der Martha einmal am Tag helfen sollte. Uns war es recht, denn die Tyrannei des Leidens hatte auch uns schon in ihren Sog gezogen, Iris und Magdalena und mich und Olivia, die im zweiten Stock wohnte, und meine Rübe-ab-Nachbarin, die sich über die Jahre mit der Hafenstraße abgefunden hatte und nun, mit fortschreitendem Alter, mildere Töne anschlug, bisweilen sogar Verständnis für die Radikalen äußerte, einmal sogar die Solidarität der kleinen Leute anmahnte, aber da wurde es natürlich schon wieder schlimm ... andere Geschichte, weiter. Jedenfalls war uns ein unterstützender Zivi recht, uns allen, die wir uns reihum um Martha »kümmerten«, sooft und so gut es eben ging.

Bei einem dieser Kümmerbesuche hatte Martha mir gleich zu Beginn aus ihrem Sessel zugerufen, ich solle mal in die Stube kommen, sie wolle mir etwas vorspielen. Ich setzte mich an den Esstisch, die mitgebrachten Einkaufstüten zwischen den Beinen, und sie machte mit Arm und Fingern jene große und langsame Bewegung zu der Taste der SABBELMASCHINE, die die Wiedergabe der aufgesprochenen Anrufe auslöste. Es waren vier Mitteilungen aufgezeichnet.

Die erste von mir selbst: »So, Martha, ich bin's. Also jetzt testen wir mal, ob dein Anrufbeantworter auch funktioniert. Nicht rangehen jetzt. Nichts drücken! Also: TEST, TEST, TEST! Bin gleich wieder oben. Aber nichts drücken jetzt! Okay? Also, bis gleich!«

Klick.

Sie lachte und schaute mich an. Dieser Anruf musste drei bis vier Wochen alt sein.

Dann:

»Was? – *Pause* – Bidde? – *Pause* – Bis du jetzt drran, oder net? – *Pause* – Madda? – *Pause* – Madda? – *Pause* – Geh doch da mal rran! – *Pause* – Geh doch da mal rran jetzet! – *Pause* – Madda? – *Pause* – Was is das denn do jetzet? – *Pause* – Madda? – *Pause* – Madda? – *Pause* – I glaubs net!«

Klick.

Der Krran. Sie lächelte und kommentierte das verwirrte Gestammel abfällig.

Dann:

»– – – –«

Klick.

Sie zog die Mundwinkel herunter und schüttelte bitter den Kopf. *Ichsachnichviel* hatte auch auf dem Band seinem Namen alle Ehre gemacht.

Dann: »Guten Tag, Frau Ihde. Hier ist der Altenpflegedienst x. Frau y hat uns erzählt, dass – also – dass sie die Pflege bei Ihnen – also – dass es da Schwierigkeiten gab. Ja. So geht das natürlich nicht. Ich wollte gerne noch einmal mit Ihnen darüber sprechen. Also – da haben wir Probleme. Es wäre nett, wenn sie uns einmal zurückrufen könnten, unter der Nummer xx xx xx, zwischen 14 und 16 Uhr, weil – äh – das müsste auch mit der Krankenkasse abgeklärt werden. Ich meine, dass war ja so abgesprochen, bis auf weiteres. Wir können Ihnen da nicht einfach eine andere Pflegekraft – es sind auch keine da. Also – bitte um Rückruf. Ja – ach, heute ist Montag, der xx. Danke. «

Klick.

Martha freute sich wieder über alle Maßen. Montag, der xx., war vor einer Woche gewesen. Als ich sie fragte, ob sie zurückgerufen hätte, winkte sie verärgert ab: »Ach was, die Idioten!«

Ich wollte ihr ins Gewissen reden, aber sie blieb wortkarg. Und als ich sie fragte, warum sie diese Anrufe nicht lösche, sie seien doch alt und überholt und dafür gebe es schließlich auch eine Taste, blickte sie mich verwundert an und verstummte vollends. Ich wartete noch eine Weile ratlos am Tisch und sagte dann: »Gut. Ich pack mal die Vorräte weg.« Als ich in ihrer Küche den Kühlschrank und danach die Speisekammer bestückte, hörte ich aus der Stube noch einmal die vier aufgesprochenen Anrufe. Martha spielte sie noch einmal ab.

Und danach noch einmal.

Und danach noch einmal.

Und danach noch einmal.

Zwischendrin hörte ich sie husten, manchmal kurz auflachen.

Es waren vier Anrufe in ungefähr vier Wochen gewesen. Es war ihr kleines Theater, das sie sich mit Begeisterung und Stolz immer wieder vorführte. Oder mit Wehmut. Oder mit Renitenz. Oder mit verzweifeltem Humor. Oder vielleicht nur, damit jemand zu ihr sprach. Aber auf jeden Fall war es ein Theater, in dem sie die einzige Zuschauerin war. Als ich noch einmal kurz in die Stube ging, um mich von ihr zu verabschieden, weil ich in Eile war, starrte sie rauchend in Richtung Balkontür, lauschte versunken den verzerrten Stimmen auf der kleinen Kassette und reagierte nur mit einer leichten Hebung ihrer linken Hand auf mein »Tschüss«. Und ich begann, das Ausmaß der umfassenden Einsamkeit zu erahnen, die sich in ihr ausgebreitet hatte.

ICH HAB URAN IM URIN.

7 Gelb III

Urin-Gelb.
Bettwäsche-Gelb.
Hausmantel-Gelb.
Forsythien-Gelb.
Raucherfinger-Gelb.

Oder das Gelb der drei unterschiedlich großen achteckigen Blümenkübel, die, mit Hydrokulturgewächsen bepflanzt, im Raucherraum des Allgemeinen Krankenhauses Hamburg-Harburg die zwei sich gegenüberstehenden Reihen ebenfalls gelber, kunstlederbezogener Armstühle vermutlich auflockern sollten und damit die Trostlosigkeit dieses abgeschotteten Glaskastens erst zur vollen Wirkung kommen ließen. Ein Gelb-Hammer! Blumenkübel-Gelb, Krankenhaus-Gelb, Sitzecken-Gelb, Bestuhlungs-Gelb. In diesem Raucherzimmer, in dem neben anderen Aushängen und Kunstdrucken auch ein Werbeplakat für ein Medikament mit der Zeile OHNE HARNDRANG LEBT SICH'S LEICHTER! die Ziegelmauer über einer der Stuhlreihen schmückte, hatte ich Martha gefragt: »Und? Wie hat der Aal geschmeckt?« Und sie hatte geantwortet: »Der war gut. Waren beide gut. Aber der von euch war besser. Is noch ein Stück über, hab ich im Zimmer. Willst du?« »Nein danke«, hatte ich gesagt, denn mir war es lieber gewesen, mit ihr im Raucherraum, wie trübsinnig er auch war, zu sitzen, als sie in einem weiteren Krankenzimmer zu sehen, das Bett, den Nachttisch, die Mitpatientinnen, die Maschinen, die medizinischen Geräte, die Bettpfannen und all das, was so entblößend intim sein kann. Ich wollte die nüchterne nächste Umgebung ihres langsamen Verfalls nicht so direkt vor Augen haben, ich wollte sie leben, nicht sterben sehen. »War jedenfalls lecker. Aal satt!«, sagte sie, hustete und bat mich um eine Zigarette.

Ein paar Tage vorher hatte ich spät abends aus einer Kleinstadt, in der ich für irgendeinen dämlichen Fernsehfilm drehte, mit Magdalena in Hamburg telefoniert, und sie hatte mir vom Aal erzählt:

Heute Vormittag
ruft Martha an.
Weißt du,
min Seuten,
ich hab son Janker auf
Aal.
Ich würd so gern mal wieder
Räucheraal essen.
Hab ich hier unten im
Krankenhauskiosk
gesehen,
aber der is so teuer.
Aal.
Ja,
Martha,

ich komme heute.
Ich bring dir
Aal.
Das Baby im Bauch bewegt sich.
Ende siebter Monat.
Aal.
Der Bauch ist prall.
Aal
ist gut für sie.
Sie hat so dünne Finger,
sie ist so abgemagert.
Aal.
Kalorien braucht sie.
Aal
ist sehr gut für sie.
Ich verstehe das –
dann muss es plötzlich
Aal
sein,
nichts anderes mehr.
Aal.
Räucheraal.
Lust auf
Aal.
Gelüste.
Janker.
Jieper.
Ich kaufe ihr
Aal
und bringe ihn ihr ins Krankenhaus.

Nach den zwei Hausbesuchen,
nach den Einkäufen und Erledigungen.
Der dicke schwere Bauch.
Das Baby ist ruhig.
Ins Fischgeschäft
Hein-Hoyer-Straße.
Nein,
kein
Aal
heute.
Wie?
Kein
Aal
da. Scheiße.
Erstmal die Hausbesuche.
Gut.
Dann nach Altona.
Das Baby bewegt sich.
Ruhig,
langsam.
Erst die Arbeit.
Auf dem Weg kurz in den Feinkostladen.
Tut mir leid,
Aal
ist aus.
Nicht mal eingeschweißten?
Nicht mal eingeschweißten.
Sie würde sich so freuen,
wenn ich mit einem
Aal

käme.
Ich kann ihn mir so gut vorstellen,
diesen Heißhunger.
Als Erstes die anderen Einkäufe.
So,
alles erledigt.
Der dritte Laden.
Aal?
Leider nicht.
Das kann doch nicht sein.
Gibt es in ganz Hamburg
keinen
Aal
mehr?
Ist jetzt nicht die Zeit für
Aale,
junge Frau.
Wird nicht verlangt.
Wo könnte ich noch fragen?
Jetzt ist es schon spät.
Zum Kotzen.
Ich muss noch ganz nach Harburg raus.
Halbe Stunde S-Bahn.
Der Bauch wird schwerer,
die Beine müder.
Bald ist die Besuchszeit um.
Ich kann sie nicht sitzen lassen.
Ich habe versprochen,
heute zu kommen.
Ich würde ihr

so gerne
ihren
Wunsch
erfüllen.
Dieser blöde
Aal.
Vielleicht in der Innenstadt.
Das kostet Zeit,
aber ich kann's schaffen.
Egal,
hin jetzt.
Diese Hetzerei.
Das Baby im Bauch strampelt
und tritt mich.
Na klar.
Diese elende Hetzerei.
Tausend Leute hier.
Das ist ja entsetzlich.
Darf ich ihnen die Tür aufhalten,
junge Frau?
Aus dem Weg,
du Affe.
Ich brauch
Aal.
Die alten
Tanten
in diesem
Scheiß-
Delikatessengeschäft
verbringen wohl

ihren gesamten Lebensabend hier.
Wenn die auch keinen haben,
fahre ich ohne
Aal
zu ihr,
hoffentlich schaff ich's noch,
bevor die Besuchszeit um ist.
Das dauert ja ewig hier,
weil die alte
Schachtel da
sich nicht entscheiden kann.
Bla bla bla.
Jetzt nimm sie doch endlich,
die idiotischen
Nordsee-Krabben.
Na bitte.
Guten Tag,
haben Sie
Aal?
Aal?
Ja, Aal.
Ja,
welche Größe?
Endlich!
Der da,
was kostet der?
Bitte?
Was?
Die spinnen wohl.
Im Bauch rumort's.

Egal,
den nehm ich.
Danke, tschüss.
In die S-Bahn.
Sie denkt sicher,
ich komme gar nicht mehr.
Harburg,
Taxi,
Krankenhaus.
Ich kann nicht mehr laufen.
Es ist sehr knapp,
aber ich schaff's noch.
Und ich habe einen
frischen
langen Räucheraal für sie.
Das ist die Hauptsache.
Ein Prachtexemplar.
Der
Aal
der
Aale.
Der Ober-
Aal.
Der ist gut für sie.
Der wird ihr schmecken.
Kalorien braucht sie.
Wo hab ich ihn?
Hier.
Gut.
Wo ist der Haupteingang?

Glastür
Welche Station liegt sie noch?
Ja.
Zimmernummer weiß ich.
Die große Glastür.
Rein da jetzt.
Schnell, schnell.
Das Baby beschwert sich.
Tut mir leid.
Ich kann nicht mehr.
Doch.
Zum Fahrstuhl.
– – –
Da sehe ich Martha.
Mit einem
Aal
in der Hand.
Mit einem eingeschweißten
kleinen
Aal.
Kommt gerade aus dem
Krankenhauskiosk.
Und will auch zum Fahrstuhl.
Hat natürlich auf mich gewartet.
Und gewartet.
Und gewartet.
Und schließlich aufgegeben.
Hat gedacht,
ich komme nicht mehr.
Hat sich von ihrem

bisschen Geld
selbst einen scheiß-
teuren
Krankenhauskiosk-
Aal
gekauft.
Weil sie unbedingt,
unbedingt
Aal
wollte.
Weil sie es nicht mehr ausgehalten hat.
Hat gedacht,
ist mir egal,
und wenn er scheiß-
teuer ist
und scheiß-
klein
und eigentlich eine Frechheit –
ich brauch das jetzt.
Hat sich selbst ihren Wunsch erfüllt.
Ich bin zu spät.
Das tut mir
so leid.
So leid.
So leid.
Hallo, Martha.
Hallo, Magdalena.
Martha, ich
hab's nicht früher geschafft.
Hier ist ein

Aal
für dich.
Vielen Dank, meine Süße,
dass du daran gedacht hast!
Jetzt hab ich zwei.
Ich muss mich hinsetzen,
der Bauch ist so schwer.
Aber schön rund,
min Seuten.
Ich muss jetzt hoch,
gibt gleich Essen.
Aber jetzt hab ich ja
Aal.
Muss ich den doofen
Fraß hier nicht essen.
Martha,
es tut mir so leid.
Macht nix,
besuch mich bald wieder.
Und lass mal fühlen.
Und schon' dich.
Ich muss.
Tschüss.
Tschüss.
Zurück nach Hause.
Hinlegen.
Ausruhen.
Weinen.
Es ist mir so unangenehm.
So scheiß-peinlich.

Weinen.
Das Baby schläft im Bauch.
Weinen.
Das Telefon klingelt.
Du bist es.
So war's.

»War jedenfalls lecker. Aal satt!«, sagte Martha, hustete und bat mich um eine Zigarette. Sie hatte am Tag zuvor noch einmal angerufen und gefragt, ob wir ihr etwas Unterwäsche aus ihrem Wäscheschrank ins Krankenhaus bringen könnten, sie brauche welche zum Wechseln, wegen des Katheters. Sie habe nicht damit gerechnet, dass sie so lange in der Klinik bleiben müsse. Ich hatte mich mit ihr für den folgenden Tag im Raucherraum ihrer Station verabredet. »Ist alles gelb da. Findest du leicht.«

Wir hatten mittlerweile einen Schlüssel für ihre Wohnung bekommen und betraten zum ersten Mal in Marthas Abwesenheit diese nun menschen- und hundeleeren Räume im Fünften. Während Magdalena aus den überquellenden Schränken und Kommoden Unterzeug heraussuchte, ging ich durch die Zimmer wie durch eine abgespielte Theaterdekoration. Alle Requisiten lagen bereit, alle Möbelstücke waren am Platz, alle Wände und Türen waren aufgestellt, aber die Protagonistin fehlte. Diejenige, die dieser Szenerie ihren Sinn verlieh. Uringeruch hing in den Räumen. Es war ein verlassener Ort. Alles war ungewohnt sauber. Martha hatte noch aufgeräumt, abgewaschen und geputzt – oder putzen lassen. Aus Ratlosigkeit fing ich an, die Blumentöpfe auf der Fensterbank des Wohnzimmers zu gießen. Und plötzlich wusste ich, dass Martha nicht mehr hierher zurückkommen würde. Dass sie nie wieder in einem ihrer Sessel sitzen, sich nie wieder an ihrer Schrankwand freuen, nie wieder in ihrer Küche Kaffee kochen, nie wieder in ihrem Bett einschlafen würde, dass sie all die in ihrem Leben angesammelten Dinge nie mehr zu Gesicht bekommen würde. Ich verbot mir diesen Gedanken sofort als ungerechtfertigte Schwarzseherei, als dramatisierenden Pessimismus, als späte Folge des unbewältigten Verschwindens meines Vaters aus meinem kindlichen Leben. Ich schluckte ihn hinunter, aus Widerwillen und Ohnmacht, und es blieb davon nur ein dumpfes Unwohlsein im Magen zurück, wie eine zurückgehaltene leichte Übelkeit.

Diese leichte Übelkeit befiel mich am nächsten Tag wieder, auf dem Weg zur Harburger Klinik. Ich erinnere mich deutlich an die halbstündige Fahrt mit der S-Bahn in diese südliche Halbstadt Hamburgs, an das in der Sonne glänzende Elbwasser beim Passieren der Elbbrücken, an die vorbeiziehenden Häuser und Industrieanlagen auf der Veddel und in Wilhelmsburg und an die anschließende Busfahrt vom Bahnhof Harburg zur Klinik. Ich erinnere mich daran, dass ich das alles genau wahrnahm, obwohl ich mich bemühte, mich auf die Lektüre irgendeines Buches zu konzentrieren. Ich erinnere mich, wie ich das Krankenhaus sah, einen hässlichen Hochhausbau, wie ich es betrat und wie ich das gelbe Raucherzimmer fand. Ich erinnere mich daran, dass ich Martha schon von Weitem in ihrem gelben Hausmantel in einer der Stuhlreihen erkannte. Ich erinnere mich an die gelbe Trostlosigkeit des Raucherraums, das Harndrangplakat und an die etwas verunglückte Umarmung bei unserer Begrüßung. Ich erinnere mich, wie ich ihr den Beutel Wäsche und eine Schachtel Pralinen gab. Ich erinnere mich, dass ich sie fragte, wie der Aal geschmeckt habe, und an ihre Antwort darauf, wie sie mich um eine Zigarette bat und ich ihr vorlog, ich habe keine dabei, weil ich wusste, dass es ihr streng verboten worden war, weiter zu rauchen. Und wie sie aber trotzdem darauf bestand, in diesem Raucherraum sitzen zu bleiben, um wenigstens die erkalteten Geruchsreste anderer Raucher zu genießen.

Aber ich weiß nicht mehr, ob wir die einzigen in diesem Zimmer waren oder nicht, wie lang mein Besuch war und über was wir redeten, was ich ihr erzählte oder was sie mir. Ich glaube, es waren alltägliche Neuigkeiten aus der Davidstraße oder von meiner Arbeit, was ich zu berichten wusste. Sie hat vielleicht über ihren Klinikalltag, über ihre Krankheit und ihre Behandlung gesprochen. Aber ich habe nicht richtig zugehört, es ist nicht wirklich zu mir vorgedrungen, ich habe es instinktiv von mir ferngehalten. All das verschwimmt im gelben Nebel. Ich wollte diesen Besuch auf eine für mich möglichst angenehme Art möglichst schnell hinter mich bringen, ich wollte die Übelkeit loswerden und vertagte mein Mitgefühl und mein Mitleiden auf weitere Treffen, auf kommende Tage, auf später. Aber an zwei Sätze von Martha kann ich mich genau erinnern. Sie müssen die Antwort auf eine Frage von mir gewesen sein, eine Frage danach, wie es ihr dort gefalle oder wie es dort denn so sei. Sie sagte:

Alles Scheiße hier. Alles Spießer!

Und ich weiß noch, dass sie dabei resigniert lächelte und die Nase rümpfte.

Es waren sicher nicht die letzten Sätze, die sie zu mir sagte an diesem Nachmittag. Aber es sind die letzten Sätze, die mir, aus ihrem Mund gesprochen, im Gedächtnis geblieben sind, die letzten Sätze, die ich von ihr erlebt habe. Vielleicht, weil in der Lakonie und der Direktheit dieser Worte so viel von der Lebenshaltung zum Vorschein kam, die ich an Martha so schätzte.

So richtig schön viel fehlende Anmutung.
So richtig viel Husten und Lachen.

Das letzte Bild, das ich von Martha habe:
Im gelben Hausmantel.
Im krankenhausgelben Raucherraum.
In Harburg.
Jenseits der Elbe.
Jenseits.

Vierter Teil

Zweiter Hand – Gerrümbl – Trophäen – Himmel

1 Zweiter Hand

Den Rest aus zweiter Hand. Nein, nicht den Rest. Aber ich habe Martha nicht mehr gesehen. Sie war verlegt worden, in ein anderes Krankenhaus in der Stadt. Der Weg dorthin war nicht mehr so weit, und Magdalena und, ich glaube, auch Iris haben sie dort noch besucht während des Spätsommers. Mich hielten Arbeit und Reisen davon ab, aber vor allem wohl die Tatsache, dass ich mir nicht bewusst war, wie wenig Zeit Martha noch blieb, oder dass ich es beiseiteschob und nicht wahrhaben wollte. »Später. Jetzt ist schlecht«, dachte ich, »nächste Woche, oder übernächste.« Auch haben wir nicht viel über Martha gesprochen, alle wussten, es ging ihr schlecht, zumindest nicht besser, aber andere Dinge wie Magdalenas Schwangerschaft, das Ende ihrer Ausbildung als Hebamme, ihr geplanter Einzug in die Davidstraße waren wichtiger. Und nicht mit so viel Trauer und Ohnmacht belastet. Und erst nach Marthas Tod hat Magdalena mir von ihren letzten Besuchen erzählt, schon aus der Erinnerung heraus, und davon sind wieder nur bestimmte Eindrücke in meinem Gedächtnis geblieben – Erinnerungen aus zweiter Hand.

Zum Beispiel die, wie Magdalena mit einer neuen Tüte Unterwäsche vor Marthas Bett steht und Martha, im Bett aufgerichtet, die Tüte entgegennimmt, hineinschaut und sagt: »Die Wäsche brauch ich auch nicht mehr. Ich sterb ja bald.«

Oder eine immer wiederkehrende Szene, die in meiner Vorstellung die deutlichsten Formen angenommen hat: Martha streichelt Magdalenas schwangeren, prallen Bauch mit ihren abgemagerten Händen – Martha legt ihren Kopf mit dem wild wuchernden Haarschopf an Magdalenas Bauch und horcht daran.

Marthas größter Wunsch war, so erzählte Magdalena, das Baby noch zu sehen. Der voraussichtliche Geburtstermin war Anfang Dezember, und so lange wollte sie noch durchhalten. So lange wollte sie noch leben. Und wir alle waren uns sicher, dass sie es noch erleben würde, dass wir sie eines Tages mit einem Baby auf dem Arm in der Klinik besuchen würden. Immer und immer wieder habe sie davon gesprochen, immer und immer habe sie wieder fühlen, streicheln, horchen wollen, immer wieder habe sie sich über die Geräusche und Bewegungen des Kindes im Bauch gefreut.

Die Gespräche der alten, verfallenden Frau mit der jungen Schwangeren fanden in ihrem Krankenhauszimmer statt. Ob sie ihr Bett nicht mehr verlassen wollte oder es nicht durfte, weiß ich nicht. Dass sie noch ihren gelben Hausmantel trug, glaube ich nicht. In diesen Unterhaltungen mit Magdalena – mit einer anderen Frau, mit einer Hochschwangeren, mit einer angehenden Hebamme – und in dem Bewusstsein, dass jenes Krankenzimmer, in dem die Zeit zwischen den Ritualen des Klinikalltags stillstand, wahrscheinlich die letzte Station ihres Lebens sein würde, muss eine Nähe zwischen den beiden entstanden sein, die ich aus zweiter Hand mir wohl vorstellen, aber nicht beschreiben kann. Eine Nähe und Vertrautheit, die es Martha ermöglichte, vieles aus ihrem Leben und ihrem Innenleben zu offenbaren, an dem sie sonst niemanden hatte Anteil nehmen lassen.

Sie erinnerte sich an ihre eigenen Schwangerschaften, die erste 1937, als sie sechzehn Jahre alt gewesen war. Sie erzählte, wie sie von ihren Eltern verstoßen worden war, wie sie zur Nazizeit als »gefallenes Mädchen« behandelt worden war. Wie sie dann in eine Klinik als »Hausschwangere« aufgenommen worden war – ein damals übliches Verfahren für »gefallene Mädchen«. Es bedeutete, dass sie jederzeit als Versuchsperson für Untersuchungen zur Ausbildung junger Ärzte und Medizinstudenten zur Verfügung stehen musste, als lebendiges Studienobjekt, als lebender Teil einer Krankenhausausstattung.

Und sie erzählte, dass sie als Kind immer das Pinkeln »anhalten« musste – ob es ein rüdes Erziehungsmittel gewesen war oder andere Gründe gehabt hatte, weiß ich nicht. Sie erzählte, dass sie es sich früher oft habe »verkneifen« müssen und dass dieses angespannte Gefühl im Unterleib, dass sie mit zusammengebissenen Zähnen ertrug, ihr schließlich ein gewohntes geworden war. Mag sein, dass so viele Jahre später der künstliche Blasenausgang, der Katheter, wie unschön, lästig und stinkend er auch war, sie auch von etwas erlöst hat, dass das Zähne-Zusammenbeißen-Müssen endlich ein Ende hatte, dass das Nachgeben, das Laufen-lassen-Können auch ein Wohlgefühl ausgelöst hat, ein kleinkindartiges Aufgehobensein zwischen Nachttisch und Infusionsflaschen; und dass dieses Nachgeben auch ein Nachgeben zum Tode hin war, entscheidender als der Blasenkrebs, die Krankheit zum Tode.

Wie ist sie gestorben?

Wann genau?

Um welche Tageszeit in welchem Zimmer?

Ich weiß es nicht.

War sie allein?

Vielleicht.

Sicher war kein Verwandter, kein Freund, keine Freundin bei ihr.

Queen Lear.

Ist sie mit Würde gestorben? Nein, nicht mit Würde, aber ihrem Leben entsprechend? Martha-würdig? Menschenwürdig? *Nicht eh die Revolution gesiegt hat endgültig / In der Stadt Witebsk wie in anderen Städten / Werden wir wissen, was das ist, ein Mensch.* Heiner Müller.

Fünf Wochen nach ihrem Tod wurde das Kind geboren. Es war ein Junge.

Die Bettwäsche hat gut sieben Jahre gehalten.

2 Gerrümbl

Und doch traf es mich unvorbereitet. Ich kam Anfang November von einer Probe nach Hause. Ich stieg die Treppen hoch, und mir entgegen schwebte ein Teil von Marthas Schrankwand. Von zwei fluchenden Männern getragen, glitt er über dem Hausflurgeländer im dämmrigen Flurlicht leicht schwankend abwärts. Die Borde waren natürlich leer, aber ich erkannte sie sofort und wusste im selben Moment, was das bedeutete: »Martha ist tot. Sie ist irgendwann in den letzten Tagen im Krankenhaus gestorben. Verreckt. Von niemandem bemerkt. Keiner ist benachrichtigt worden.« Ich ging in den Fünften – gefasst, wie man das wohl nennt. Die Tür zur Wohnung stand weit offen. Ich sah überquellende blaue große Mülltüten im Wohnungsflur, ich sah, dass Spiegel, Bilder und anderer Wandschmuck bereits abgenommen worden waren und in einer Ecke gestapelt auf ihren Abtransport warteten. Ich klopfte und hörte aus dem Inneren eine Stimme rufen: »Als Nächsdes die Vvitrrine!«

Ich ging hinein. Der Krran kam aus der Küche auf mich zu. Er hielt eine Packung Waschpulver in den Händen.

»Bidde? Worrum geht's?«

»Ich bin ein Nachbar. Wir haben uns auf der Beerdigung Ihres Vaters vor ein paar Jahren kennengelernt.«

»Ah. Kommen Ssie nur rrein. Des is ein Ssaustall hier, mei!«

»Und ihre Mutter – ?«

»Die Madda is dot. Und jetzet hab i den ganzen Schlamassel am Hals. Die hat ssich um nix mehr gekümmert. Ein Ssaustall hier!«

»Wann ist sie denn gestorben?«

»I weiß net, irrchendwann ledsde Woche. I hab nur an Anrruf krriggt. Ob i die Auflössung hier mach. Kein Tesdament, nix. Jetzt schauen Ssie ssich mal des ganze Gerrümbl hier an. Is ja alles voll. Und der Speicher aa noch. Komme Ssie mal mit.«

Wir betraten das Wohnzimmer, er stellte das Waschmittelpaket ab und lehnte sich an den Esstisch. Die Schrankwand war leergeräumt, die Möbel zusammengeschoben, ein paar geöffnete Kartons und halbgefüllte Müllsäcke standen herum.

»I weiß net, wie i des schaffen ssoll. Wo ssoll i denn hin mit dem ganzen Klump? Des will doch kei normaler Mensch mehr haben. Un i hab unbezahlten Urlaub gnommen jetzt. Des zahlt mir aa keiner. Wechen dem Klump da. Den Verdiensdausfall zahlt mir kein Mensch. I kanns Ihnen gar net sagn.«

Die zwei Männer, die ich schon im Treppenhaus gesehen hatte, kamen herein und fragten, was als Nächstes heruntergetragen werden solle.

»Die Vvitrrine, dann der Rresd do, dann die Ssessel und des, der Tisch, und dann die Küche.«

Er forderte mich auf, ihm zu folgen, und begann eine Art Begehung aller Zimmer unter besonderer Berücksichtigung der Probleme, die ihm diese Wohnungsauflösung bereitete: »Da, die Tebbiche, die kann i gleich in Müll schmeißen. Stinken ja alle nach Hundepisse. Die ganze Wohnung stinkt danach. Ssaustall, egelhafter! Für die Möbel krriech i auch nix mehr. Die nimmt vielleicht die Heilssarmee. Ssonst muss i auch noch dafür bezahln. Die zwei Hern da abbeiden ja auch net umsonsd. Und i muss die Miede noch zahln. Die vvolle Miede. Hab ich mit der Hausverwaldung gschprrochn – aber nix, die volle Monadsmiede! Stirbt die auch am Monadsanfang! Jetzt kann i die Miede noch zahln für den Ssaustall. Eine vvolle Monadsmiede! Sparbuch war aa nix drrauf – hat grrade für die Einäscherrung grreicht. Den Rrest zahl i – prrima! Vielen Dank! Da können Ssie rechnen, also jetzt mal drreihundert für die Miede, der Abtrranspott aa nochamal zweihundert, Einäscherrung war gegen Null, aber ich brrauch hier an Hotelzimmer, und die Fatt von Nembech und zurrück, dann der Verdiensdausfall – also, sagn wir mal, da komm ich auf gut und genn zwölfhundert, drreizehnhundert Mack. Für des Gerrümbl do. Ja, glaubst dus denn! Für nix! Das ist doch alles nix wert hier! Naja, vielleicht der Fennseher und der Vvideo. Und in der Küche der Herd und der Kühlschrrank. Aber sonst is ja nix! Deshalb will i's auch schnell gmacht habn. Fix, zackzack. Dass i hier wech bin, mehr als drei Tach kann i mir gar net leisden. Ssagen Ssie – muss man hier auch rrenovvieren? Um Gotts Willen, des kommt ja vvielleicht noch obendrrauf, des sind ja auch nochamal – Oh je! Äh, dieser Gestank überrall!«

Er schnäubte sich die Nase.

»Mei Schwester, die war mal wieder schlau, die blöde Kuh. Is nur kuzz hier nei, ohne GutenTachAufWiederssehn, und hat sich die Pelze rrausgholt. Und den Schmuck. Mehr wollte die gar net. Nur die Pelze und den Schmuck, und ab. Und i steh da jetzet. Zur Einäscherrung is die auch gar net erscht kommen.

Hat ssich net mal gmeldet. Assozial!«

Er schaute sich zornig um.

»Hoffentlich schaff i des in drrei Tachen. Des muss alles rraus hier. Alles rraus hier! Ssie können ssich net vorstelln, was die Madda alles gssammelt hat. Diesses ganze kleine Geklumpe da, diesse Staubfänger überrall, und des, und des, und des noch. Des muss alles wech jetzt. Zack. Alles in Müll. Wer brraucht des denn? Wahnssinn, ssag ich Ihnen, Wahnssinn!«

Er griff nach der Waschpulverpackung.

»Die war ja aa net mehr ganz bei ssich am Schluss. Hier, schaun Ssie! Do! Zehn Packede Waschpulver! Zehn Packede! Die hat des gehottet! Und hier – Putzmittel – alles voll. Do! Do! Do! Des hat die alles gehottet. Do – Handtücher – Taussende! Und Lappen, äh, ding, äh – Feudel – i weiß net, hundert! Und hier – Sseife! Schaun Ssie mal – wievviel ssind des? Fuffzich, sechzich Packede Sseife! Ssech-zich Pa-cke-de Sseife! Die war doch schon durchgedrreht. Sechzig Packede Sseife – und keines benutzt! Alles gehottet! Nur gehottet! Des is schrrecklich mit dene alte Fraue! Sechzich Packede Sseife! Und was die do alles neiknörrt hat do, die Handtücher und alles! I weiß net, wie i des schaffen ssoll!«

Wir waren wieder im Wohnzimmer angekommen. Ich hatte die Unmengen gehorteter Seife und Waschpulver gesehen, ich hatte gesehen, welche Überfülle an Kleidern, Schuhen, Lebensmitteln, Schachteln, Dosen, Kartons und und und aus Kommoden, Schränken und Abseiten noch zum Vorschein gekommen war. Ich war nicht überrascht, aber der Krran war offenbar nicht darauf gefasst gewesen, und obwohl er mir mit diesem Rundgang auch eine Rosskur gegen meine aufkommende Trauer verabreicht hatte, konnte ich ihn doch verstehen

– wie sollte er diese achtundsechzig Jahre Leben in drei Tagen entsorgen, abtragen, loswerden?

Das Telefon klingelte. Der Krran begann es zu suchen, zwischen Kartons, gestapelten Esszimmerstühlen und zusammenrückten Zimmerpflanzen. Er fand es nicht und räumte fluchend Papiere, Fotoalben, Bücher, Kissen und Kleiderhaufen beiseite. Nach dreifachem Klingeln sprang die Sabbelmaschine an, Marthas Stimme sprach zu uns aus dem Jenseits:

Guten Tag. Hier ist der Anschluss Ihde. Ich kann

Dann hatte der Krran zumindest den Apparat freigelegt und hielt den Hörer an sein Ohr:

Ja?
jetzt nicht ans Telefon gehen.
Moment bidde!
Bitte hinterlassen
Wo geht das denn hier aus?
Sie mir doch
Wo ist denn der Scheißknopf do? Moment noch!
eine Nachricht.
Ich drreh duch!
Vielen Dank. Piep

Ich war ihm zu Hilfe gekommen und hatte das Gerät ausgeschaltet.

»Hallo? Am Abbarrat. Danke. Nein, net Ssie. Wer bidde? Ah. Ja, I lös die Wohnung meiner Mudder auf, I hätte da an Fennseher, Farrbe natürlich, an Vvideo, an Elekdrroherd und an Kühlschrrank mit Gefrrieraufssatz, und noch sso einiges – des müßten Ssie ssich mal anschaun ...«

Während er redete, sah ich mich noch einmal um. Das also waren die Überreste eines Lebens. Das schließlich zu Ende gegangen war, ohne dass wir es überhaupt bemerkt hatten. Und wenn nicht wir, wer denn sonst? Ich hatte nicht einmal das genaue Datum ihres Todes erfahren. Eine Beerdigungszeremonie wie für Ernst hatte es offensichtlich nicht gegeben. Für den Krran hatte es schnell und preiswert geschehen müssen. Zackzack. Aber woher hätte er auch wissen sollen, dass wir gerne Abschied genommen hätten, dass wir überhaupt Anteil nahmen? In seiner Vorstellung von Martha und von einem Leben auf Sankt Pauli war das nicht vorgesehen. Und es war auch müßig, es ihm jetzt noch zu erzählen. Er wäre in drei Tagen wieder weg und dann wahrscheinlich endlich für immer.

Ich winkte einen schnellen Abschiedsgruß und verließ die Wohnung im Fünften, während er am Telefon weiterverhandelte: »... Naja, ich denke, sso drreihunderfuffzich, vierhundert Mack müßten schon rrausssprringen für mich. Des is alles wie neu. Also drreifuffzich minimal, also minimal. Und wechen der Polsdermöbel ... Nein, nein, nur an Sselbsdabholer ...«

3 Trophäen

Es ließ mir keine Ruhe. Dass all das innerhalb der nächsten drei Tage endgültig verschwinden sollte. Sperrmüll, Hausmüll, Kleidersammlung, Gebrauchtmöbelmarkt. Erlös und Sparbuch der Sohn, Pelze und Schmuck die Tochter – Aus. Weg. Fertig. Vorbei. Ende. Auf Nimmerwiedersehen!

Also ging ich am vorletzten Tag des Räumkommandos noch einmal hoch. Der Krran telefonierte wieder, ich glaube, es war wegen der Grabgebühren für weitere ichweißnichtwieviel Jahre, und guckte mich fragend an. Dann erkannte er mich wieder und begrüßte mich, den Hörer zwischen Schulter und Ohr geklemmt, mit Handschlag. Die Räume waren sehr viel leerer als zwei Tage zuvor, Gardinen und Lampen waren auch schon abgenommen worden. Als er aufgelegt hatte, fragte er: »Was gibt's?«

Ja, was wollte ich hier? Irgendwas. Ein laues Irgendwas. Ich war hilflos. Irgendeine Erinnerung an Martha und Ernst. Und irgendwie anders als die Bettwäsche. Ich hatte an die Kassette des Anrufbeantworters gedacht – *Frau Krapps letztes Band* –, aber den hatte er schon zu Geld gemacht: fünf Mack. »Ja, was hättn mir denn noch sso da?!«, sagte er wie ein zuvorkommender Verkäufer und ging zu einer Art Campingtisch, auf dem weitere Überreste aus- und aufgestellt waren, von denen er sich wohl noch einiges an Einnahmen versprach: Vasen, Silberbesteck, Tischtücher, Kaffeemaschine, Toaster, besondere Souvenirs. Stolz ließ er seine Hand über die einzelnen Stücke schweifen: »Ssuchen Ssie ssich was aus.«

Ich guckte mir das alles ratlos an und zeigte schließlich auf eine große gelbe holzgeschnitzte Maske. Ein Drachenkopf mit geöffnetem Gebiss, vier großen Eckzähnen, hervortretenden Augen, flügelartig angesetzten langen Ohren und einem ebenfalls angesetzten hölzernen Federkamm auf der Stirn. Vielleicht in Indonesien für Touristen hergestellt und von Ernst auf einer seiner Reisen mit nach Hamburg gebracht. Der Krran sagte, ja, die wäre noch zu haben. Ich kaufte sie ihm für dreißig Mark ab. »Und des is billich! Bei Harrys Hafenbasar liechen die Dinger bei fuffzich Mack. Und drrüber! I hab mi umgschaut.«

Ich hatte sie gekauft, um irgendetwas zu haben – SHOPPINGGIER, KAUFRAUSCH –, aber zufrieden war ich nicht. Also blieb ich noch ein bisschen, trieb Konversation und guckte mich insgeheim weiter um. Aber nichts Persönliches war übrig geblieben, nichts, was für mich wirklich in Verbindung mit Martha oder Ernst Ihde stand. Dann entdeckte ich in einer Ecke einen Stapel, auf dem zuoberst das Foto von Ernst lag, das immer in einem Rahmen auf Marthas Schlafzimmernachttisch gestanden hatte. Ich fragte, ob er es noch brauche. Er lachte. »Nein, des könn Ssie haben, des kommt eh wech.« Er gab es mir. »Der Ernsd. Da grrinst er. Aber prücheln konnte der aa – und net zu gnapp – eieiei, frrache net!«

Darunter kam ein etwas größerer Glasrahmen mit dem Foto einer jungen Frau zum Vorschein. Ich erkannte Martha nicht und fragte ihn, wer auf dem Bild sei. »Des ist die Madda. In jungen Jahren. BDM oder was. Hat scho gut ausgschaut. Wollen Ssie's aa mithabn? Nehme Ssie, nnehme Ssie, i brauchs net.« Geradezu gönnerhaft schob er es mir unter den Arm, wie ein spendables Geschenk des Hauses, wie eine unverdiente Extrazigarre. Er hatte wahrscheinlich mittlerweile meine falsche Anmutung gerochen.

Aber ich war zufrieden. Mehr war nicht zu holen gewesen. Ich bedankte mich bei ihm und sagte, wenn er irgendeine Hilfe bräuchte, solle er bei uns klingeln. Sein Abschiedsgruß war unpersönlich freundlich, und ich konnte ihm deutlich entnehmen, dass er mit Sicherheit nicht auf mein Angebot zurückkommen würde.

Ich trug meine Trophäen hinunter in den Vierten und trank einen Schnaps auf Martha. Zwei Tage später war der Krran verschwunden. Danach wurde die Wohnung auf Veranlassung der Hausverwaltung gründlich renoviert, und am ersten Dezember 1989 zog ein junger neuer Mieter ein – zum doppelten Mietpreis.

... Utopia ist eine Kiste. – Das Geld macht weiter, und die Zusammenbrüche, wie die Songs weitermachen. Rolf Dieter Brinkmann.

4 Himmel

Die Drachenmaske hat seitdem ihren festen Platz an der oberen Mitte meines Bücherregals, wo immer ich es aufgestellt habe. Und das Bild von Martha hing über Jahre in unserer Küche in der Davidstraße fünf. Es ist eine Vergrößerung eines Passfotos. In der linken oberen Ecke ist noch der Teil eines runden Stempelabdrucks mit den Buchstaben *...aßwesen* zu erkennen. Martha mag vielleicht in ihren Zwanzigern gewesen sein, als sie dieses Schwarz-Weiß-Foto von sich hat machen lassen. Ihr Gesicht darauf ist praller, als ich es kannte, mit runden Backen und gerundeterem Kinn. Es ist nicht geschminkt, und unter schmalen langen Augenbrauenbögen blicken ihre Augen ein bisschen glasig und spöttisch wie in die Ferne am Fotografen links vorbei. Der Haarschopf ist gebändigt, aber nicht zu einer straffen Frisur, nur am Hinterkopf von einer nicht sichtbaren Spange zusammengehalten. Ihr Mund ist leicht geöffnet, Ober- und volle Unterlippe sind leicht nach außen gestülpt, und dazwischen werden die oberen Vorderzähne sichtbar. Auffällig sind die beiden Perlen am Ende zierlicher Gehänge in den Löchern der Ohrläppchen. Unter dem Kopf sind ihr Hals ohne

Schmuck und der Ansatz einer hellen, eng am Hals geschlossenen Bluse unter einem dunkleren Kleidungsstück aus gröberem Stoff mit jackettartigem Revers zu sehen.

Ihr Kopf ist nach vorne gerichtet, zu etwas hin, der Gesichtsausdruck offensiv, leicht belustigt oder, wie gesagt, fast spöttisch, wobei die Augen durch die ein bisschen träge gesenkten Lider etwas In-sich-Gekehrtes haben oder etwas Verträumtes, nein, besser: etwas Zurückhaltendes. Oder so: Als würde ein Etwas in der Ferne gleichzeitig ihre Aufmerksamkeit und ihren Zweifel erregen oder ihr Interesse und zugleich ihr Misstrauen. JETZT GEHT'S LOS, könnte sie sagen und dabei denken: NA, MAL SEHEN, WAS DAS WIRD. Eine frühe Form von Sein und Bewusstsein, von Husten und Lachen.

Das Bild hing lange Zeit in unserer Küche, und niemand nahm wirklich Notiz davon, denn niemand erkannte sie. Wohl weil in der Martha, die wir alle kennengelernt hatten, das Leben schon wesentlich tiefere Spuren eingegraben hatte. Außer unserer Nachbarin Marianne Hansen, die irgendwann später, als wir in der Küche im Gespräch vertieft saßen, plötzlich rief: »Mein Gott, das ist ja Martha. Wo habt ihr das denn her?« Marianne Hansen hatte Martha wesentlich länger gekannt als wir, sie war auch auf Sankt Pauli groß geworden und war schon in den Sechzigern in die Davidstraße fünf gezogen, in den dritten Stock. Und Marianne Hansen war es übrigens auch, die ... andere Geschichte, weiter!

Dann verschwand das Bild für Jahre in irgendeinem Schrank, und erst 2003, nach Magdalenas und meiner Trennung und meinem erneuten Wiedereinzug in die Davidstraße, holte ich es wieder hervor und hängte es zwischen andere Fotos und Gemälde an eine Wand meines Arbeitszimmers.

An einem Sommermorgen drei Jahre später, an einem sehr frühen Sommermorgen kurz vor sieben Uhr, kurz nach dem Aufstehen, an einem der Sommermorgende, die es nur auf Sankt Pauli und vielleicht dort nur in der Davidstaße gibt, denn zwischen vier und sieben ist die Davidstraße so still und ruhig wie sonst zu keiner Tages- oder Nachtzeit, und an denen nichts außer der Erwartung des kommenden Tages in der Davidstraßenluft liegt, der Erwartung seines Sturms und dessen, was er mit sich bringen, und dessen, was er wegfegen wird, denn immer ist es eine Ruhe nach und vor dem Sturm um diese Tageszeit hier, nach dem Sturm der Puffs und Stundenhotels und vor dem Sturm der Touristengruppen, der Müllfahrzeuge und der Alltagsbewohner. An einem dieser Sommermorgende, an denen die Sonne, nachdem sie links hinter dem Michel aufgegangen ist, schon weit, früher über die Brauerei und jetzt, nach ihrem Abriss, über die Baugerüste, Gerätschaften und noch nicht in Betrieb gesetzten Bagger und Kräne der Großbaustelle gewandert ist und direkt auf meinen Balkon und weiter durch die Doppeltür in mein Arbeitszimmer auf meinen Arbeitstisch scheint, an einem jener Morgende im Sommer, an denen der helle, sonnendurchflutete Himmel über Sankt Pauli und der über dem glitzernden Stückchen Elbe, das von den Balkons des Hauses Davidstraße fünf immer zu sehen sein wird, an denen diese Himmel noch für jeden Lebenswunsch offen und für jeden Traum zu haben sind und an denen mir deshalb noch immer das Herz vor Wehmut und unerklärlicher Hoffnung im Leibe lacht, an einem dieser Sommermorgende schaute sich mein zweiter, mein sechsjähriger Sohn ein paar Augenblicke länger als gewöhnlich jenes Foto von Martha in dem alten, aus dem Leim gehenden, dünnen, bräunlichen Holzrahmen an und fragte mich:

»Ist die schon tot?«
»Ja«, antwortete ich. »Die ist schon tot.«
»Echt?«
»Ja, echt.«
»Hat die mal gelebt?«
»Ja.«
»Echt?«

Ja, die hat mal gelebt.
Die hat mal viel gelebt.
Die hat sogar sehr viel gelebt.

Nachbemerkung

Im Hamburger St. Pauli-Archiv habe ich erfahren, dass das ABC der Straßennamen auf St. Pauli eine eigene Geschichte hat. Beim Bau der Straßen um 1800 wurden die Straßen mit den Vornamen Anton, Bernhard, Carl, David, Erich, Friedrich, Gerhard und Heinrich benannt. Im Lauf der Zeit wurde

- aus der ursprünglichen Bernhardstraße die heutige Bernhard-Nocht-Straße (nach dem ersten Leiter des Hamburger Instituts für Schiffs- und Tropenkrankheiten),
- aus der ursprünglichen Carlstraße die heutige Balduinstraße (so verschwand das C),
- aus der ursprünglichen Heinrichstraße die heutige Herbertstraße.

Außerdem sei erwähnt, dass ab etwa 1850 im nördlichen St. Pauli auch ein Quartier mit weiblichen Vornamen entstand. Heute gibt es dort noch die Annen-, die Brigitten- und die Paulinenstraße.

Eine Marthastraße fehlt noch.